Kirsten Boie

# Es gibt Dinge, die kann man nicht erzählen

Bilder von Regina Kehn



Oetinger Taschenbuch

Außerdem bei Oetinger Taschenbuch erschienen:

*Nicht Chicago, nicht hier*
*Erwachsene reden, Marco hat was getan*
*Alhambra*
*Ringel, Rangel, Rosen*
*Der Junge, der Gedanken lesen konnte*
*Die Medlevinger*
*Skogland* (Band 1)
*Verflixt – ein Nix!* (Band 1)
*Lena fährt auf Klassenreise*
*Prinzessin Rosenblüte*
*Kirsten Boie erzählt vom Angsthaben*


MIX
Papier aus verantwortungsvollen Quellen
FSC® C014496

Das für dieses Buch verwendete FSC®-zertifizierte Papier Danube liefert Salzer Papier, St. Pölten, Austria. Der FSC® ist eine nicht staatliche, gemeinnützige Organisation, die sich für eine ökologische und sozialverantwortliche Nutzung unserer Wälder einsetzt.

1. Auflage 2016
Oetinger Taschenbuch in der
Verlag Friedrich Oetinger GmbH, Hamburg
Juli 2016



Einband und Bilder von Regina Kehn
Druck: GGP Media GmbH, Pößneck
ISBN 978-3-8415-0441-8

www.kirsten-boie.de
www.moewenweg-stiftung.de
www.oetinger-taschenbuch.de

# Inhalt

## Ich kenne einen Jungen in Afrika

Ich kenne einen Jungen in Afrika.

In den Hügeln von Shiselweni lebt er, nicht weit hinter Hlatikulu, wo am Morgen die Sonne rot über die Gipfel steigt und die Ferne in einen blauen Dunst taucht; und wo es schöner ist als irgendwo sonst auf der Welt, das weiß Thulani genau. Thulani heißt der Junge, und wenn man von der Hochebene, auf der die Hirten mit lauten Gesängen ihre Ziegen treiben, abwärtssteigt über den schmalen Trampelpfad und am Bach entlang, in dem auch in der Trockenzeit fast immer noch ein Rinnsal bleibt, und dann über die Trittsteine auf die andere Seite, dann kommt man schließlich zu seiner Hütte.

Elf Jahre alt ist Thulani, und das ist ein gutes Alter für einen Jungen: Da wird er jeden Tag ein bisschen größer und jeden Tag ein bisschen stärker, und stark muss Thulani sein, auch wenn das längst nicht alles ist, was er sein muss.

In der Hütte lebt er mit seiner Gogo, die so alt ist, dass sie den Tag ihrer Geburt nicht weiß und nicht das Jahr; und auch nicht das, in dem sie Thulanis Mutter geboren hat, die jetzt in dem schmalen Grab hinter der Hütte liegt, auf der anderen Seite des Pfads. Das Grab hat Thulani mit Steinen bedeckt, großen, schweren Steinen, damit es schön aussieht für die Menschen, die zur Hütte kommen, und den Tieren den Zugang verwehrt. Es gibt keine Hyänen mehr in den Hügeln von Shiselweni, aber Geier könnte es geben, und niemand kann sagen, welche anderen Tiere noch, das hat die Gogo ihm eingeschärft.

Das Grab hat Thulani mit den Nachbarinnen gegraben, die sind gekommen, um zu helfen. Wie sollte ein Junge auch wohl allein ein Grab für seine Mutter ausheben, nur mit seiner kleinen Schwester als Hilfe, wenn der Boden von der Sonne hart und trocken ist und immerzu die Tränen kommen?

Ja, Thulanis kleine Schwester ist auch noch da, aber was kann ein Mädchen von acht Jahren schon tun? Sie ist ja sogar zu schwach, um

das Wasser vom Bach zu holen, auch wenn es nur zehn Minuten Weg sind bis dahin; den vollen Kanister kann sie nicht tragen, das ist wahr, aber sie könnte doch zweimal gehen, das sagt Thulani ihr in strengem Ton, und den Kanister nur zur Hälfte füllen; deswegen gibt es immer Streit, und manchmal haben sie kein Wasser. Dann geht Thulani doch, ganz eilig, bevor die Sonne hinter den Hügeln versinkt und es dunkel wird; denn in der Dunkelheit lauern die Geister, und auch wenn man schon elf Jahre alt ist, muss man sich vor ihnen in Acht nehmen.

Nomphilo heißt seine Schwester, und Thulani liebt sie sehr; auch wenn er das niemals sagen würde und sie ihm manchmal viel Ärger macht. Er ist der große Bruder und der Mann im Haus, und er passt gut auf sie auf. Darum schickt er sie auch jeden Tag zur Schule, fast jeden Tag, und sagt ihr, dass sie ihre Uniform waschen soll, auch wenn die zu eng ist und zu kurz und eingerissen unter den Armen; denn ohne Uniform darf sie nicht in die Schule. Aber ohne zu zahlen, darf sie jetzt gehen, das hat der Chief ihm erklärt, als Thulani bei ihm war, um zu reden, was werden soll: Jetzt, wo nur er noch da ist und Nomphilo, und die Gogo, die nur noch die Arme rühren kann. Wie zwei Männer haben sie gesprochen, der Chief und Thulani, denn er ist jetzt der Mann im Haus.

»Du bestimmst, was die Frauen tun sollen!«, hat der Chief gesagt, aber da kennt er Nomphilo nicht, die hört ja nicht auf Thulani, und die Gogo brüllt, dass er Wasser holen soll und das Maismehl für den Brei, wenn welches da ist, und Holz für das Feuer. Das zünden sie an auf dem Boden der Hütte, da kocht die Gogo den Brei; denn ihre Arme sind noch stark, und sie rührt und rührt im dreibeinigen Topf.

»Du bestimmst, was die Frauen tun sollen«, das hat der Chief ihm gesagt, aber der Chief kennt Nomphilo nicht und auch nicht die Gogo, sonst würde er nicht so reden. Und dass Nomphilo kein Schulgeld zahlen muss, hat der Chief ihm erklärt, weil sie noch klein ist, und die ersten zwei Klassen sind frei. Aber Thulani muss zahlen, denn mit elf Jahren ist man groß, und warum sollte der König ihm da wohl etwas schenken. Darum geht Nomphilo den Weg zur

Schule jetzt allein, es ist ja nicht weit durch das Tal und über den Hügel, kaum mehr als eine Stunde ist es; und seine Uniform passt Thulani sowieso nicht mehr.

»Nun hat der König bestimmt, dass auch große Kinder zur Schule dürfen, ohne zu zahlen!«, hat die Nachbarin gesagt, als sie über den Hügel gekommen ist, um der Gogo zu helfen. Oft kommt sie nicht mehr vorbei, denn ihr Mann ist gestorben, und auch sie selbst wird dünner von Tag zu Tag. Und jeder in den Hügeln von Shiselweni weiß, was das heißt. Immer sind es zuerst die Väter, die dünner werden und schwächer und schließlich begraben werden von den Müttern; aber für die Gräber der Mütter bleiben zum Glück noch die Kinder.

Immer dünner wird jetzt auch die Nachbarin und hat sechs Söhne und Töchter: Da ist es Mühe genug, das Feld zu bestellen. Trotzdem kommt sie noch manchmal zur Gogo.

»Geh du auch wieder zur Schule, Thulani«, hat sie gesagt, und ihr Kleinster hat sich an ihr Bein geklammert. »Auch Große wie du müssen jetzt nicht mehr zahlen. Die Schule ist frei, wenn die Eltern gestorben sind, das hat unser König bestimmt!« Denn darüber, was der König bestimmt hat für Kinder, wenn die Eltern gestorben sind, denkt die Nachbarin jetzt nach.

Aber der Lehrer hat Thulani erklärt, dass man für die Schule einen Totenschein braucht, auch das hat der König bestimmt: Sonst könnten ja womöglich noch alle Kinder kommen im ganzen Land und kein Schulgeld mehr zahlen wollen und noch eine freie Uniform dazu, einen Beweis für den Tod muss es schon geben.

»Das verstehst du doch, Thulani«, hat der Lehrer gesagt, und Thulani hat genickt; denn dem Lehrer widerspricht man nicht. Auch wenn Thulani gedacht hat, dass die Nachbarinnen doch wohl so gut sind wie ein Totenschein: Sie alle können bezeugen, dass sein Vater und seine Mutter jetzt im Himmel sind beim Herrn Jesus, der alle Menschen liebt, auch wenn er vielleicht nicht für alle sorgt, jedenfalls nicht für alle gleich. Aber einen Totenschein muss es geben, sagt der Lehrer; und deshalb soll Thulani nach Nhlangano gehen zur Bezirksregierung, die dort den König vertritt, und der

Chief muss ihn begleiten, um zu bezeugen, was er erzählt.

Aber hat ein Chief dafür Zeit? Da wäre er ja nur noch in Nhlangano, wenn er jedes Mal einen Totenschein holen wollte, wenn ein Mensch stirbt, es sterben ja viel zu viele im Dorf und in den Hügeln von Shiselweni und im ganzen Land. »In den Hügeln sind wir früher ohne Totenschein gestorben«, sagt der Chief, »und wir können auch heute ohne Totenschein sterben. Was ändert ein Papier?«

Darum geht Thulani jetzt nicht mehr zur Schule, was soll er auch da; zählen kann er sowieso und schreiben besser als Nomphilo und lesen beinah auch; und was sollte er außerdem lesen, es gibt keine Zeitung in der Hütte und kein Buch, die braucht Thulani auch nicht. Und wenn er zum Laden geht, eine Stunde an der großen Sandstraße entlang, dann genügt es, wenn er mit dem Finger auf die Ware zeigt und sagt, was er will. Aber er geht ja nicht zum Laden, sowieso nicht.

Manchmal, wenn er das Wasser geholt und der Gogo das Maismehl gebracht und Nomphilo in die Schule geschickt hat, spielt Thulani mit den anderen Jungen Fußball; mit denen, die zu Hause bleiben wie er. Oben auf dem Plateau spielen sie, wo es so eben ist, dass der Ball nur noch ganz langsam von selbst nach unten ins Tor rollt: Der Ball, den sie aus einer Tüte geknotet haben und mit Gras gefüllt, und die Tore haben sie aus Zweigen gesteckt. Und sie rennen so schnell, und sie brüllen so laut und schlagen sich gegenseitig auf die Schultern, wenn sie ein Tor geschossen haben; und sie lachen, dass Thulani das Glück im ganzen Körper spürt. Und während die Sonne langsam höher steigt, denkt er, dass es für manches doch gut ist, dass sie alle nun nicht mehr zur Schule gehen.

Aber an manchen Tagen bleibt Thulani plötzlich stehen, mitten im Spiel, und sieht über das Plateau: Weil niemand wissen kann, ob nicht eines Tages die Weißen kommen und sich an den Spielfeldrand stellen, dann sehen sie dem Spiel zu, lange. Und schließlich zeigt einer der Weißen, der blank geputzte Schuhe trägt und einen schwarzen Anzug und vielleicht eine Brille mit dunklen Gläsern, mit dem

Finger auf Thulani: Dann nimmt er ihn mit in die Länder der Weißen, wo sie mit Lederbällen Fußball spielen in Schuhen. Da kriegt Thulani ein Steinhaus und ein Auto und Schuhe für jeden Tag noch dazu. Denn manchmal kommen die Weißen in Flugzeugen von weither und sehen den Jungen zu beim Fußball, das weiß jeder; und davon träumt Thulani am Abend auf seiner Matte. Aber vielleicht, das sagen die anderen, kommen sie nur zu den Jungen an den großen Straßen; und was sollte wohl auch aus der Gogo werden und aus Nomphilo, wenn Thulani sein Glück machen würde und sie wären ganz allein.

Manchmal kommen die Weißen auch in die Hügel, nicht oft. Sie sind überall im Land, an den großen Straßen sind sie mit ihren Autos, und ihre Heiler kommen einmal die Woche zur Krankenstation, wo die guten Schwestern allen Menschen helfen, die sich noch zu ihnen auf den Weg machen können. Einmal ist auch Thulani da gewesen mit seiner Mutter, bevor sie zu schwach wurde, um den weiten Weg zu gehen über den Trampelpfad und die Trittsteine über den Bach und die große Sandstraße entlang; bevor sie zu schwach wurde, selbst in der Morgendämmerung, wenn es noch kühl ist, oder am Abend, wenn die Sonne hinter den Hügeln verschwindet. Einmal ist Thulani mit ihr dort gewesen, in der Station, aber wie sollte seine Mutter wohl später noch gehen, als die furchtbare Krankheit sie atemlos gemacht hatte und dünn? Und sollten die weißen Heiler denn wohl etwa zu ihr kommen, in die Hütte, über den Trampelpfad? Sollten sie in alle Hütten kommen, überall im Land, wo die furchtbare Krankheit den Menschen das Leben zerfrisst, jeden Tag überall, bis der Herr Jesus sie ruft?

An den großen Straßen sind die Weißen mit ihren Autos, dorthin kommen sie aus ihren Ländern, die so weit fort sind, wie ein Vogel kaum fliegen kann; dort tun sie Gutes, und später kehren sie zurück. Sie fahren in ihren Autos und winken und lächeln, und immer sind sie freundlich. Sie tragen kleine Kästen, mit denen klicken sie im Fahren aus den Fenstern, dann ist man als buntes Bild in den Kästen eingesperrt, sagt die Gogo, aber nur die Seele; ach was, nicht einmal die!, sagt der Chief, niemand weiß es genau.

Zu Thulanis Hütte kommen sie nicht. Wie sollten die Weißen wohl auch zur Hütte kommen, wo es doch keine Straße gibt und die Weißen fahren in Autos? Nur einmal waren sie da, vielleicht war es der Chief, der ihnen von der Gogo erzählt hatte; zu Fuß sind sie den Pfad heruntergestiegen und haben etwas getragen. Sie haben es in die Hütte gebracht, über die Füße der Gogo mussten sie steigen, denn die Hütte ist eng, und sie haben ihr gezeigt, was sie in ihrer Güte für sie bestimmt hatten. Jetzt steht der glänzende Stuhl mit den Rädern in der Hütte, dass nachts kaum mehr Platz ist für die drei Schlafmatten; zusammengefaltet steht er da, und die Gogo kann ihn ansehen jeden Tag, er gehört ihr, solange sie lebt. So groß ist der Stuhl, dass er nicht durch die Tür passt, wenn man ihn auseinanderfaltet, aber was sollte er wohl auch draußen vor der Hütte, wo es steil ist und der Boden so uneben und voller Steine, dass der Stuhl darauf nicht rollen kann. Auch für die Hütte ist er viel zu groß, da liegen abends die Matten; aber die Gogo sieht ihn an, wie er da steht mit seinem Glänzen, und ist stolz. Nun haben die Weißen auch an sie gedacht, nicht nur an die Menschen an den großen Straßen.

Einmal, in der Trockenzeit, als der Bach ausgetrocknet war und Thulani eine Stunde weit gehen musste mit dem Kanister auf dem Kopf, um Wasser zu holen, hat er etwas Merkwürdiges gehört. Eine Frau hat es ihm erzählt, die er gar nicht kannte; sie hat ihn gefragt, warum denn er das Wasser holt, wo das doch Frauenarbeit ist: Dabei wusste sie die Antwort ja längst. Von einem Dorf hat sie erzählt, einem ganzen Dorf, das die Weißen gebaut haben für Kinder wie ihn; und es gibt Steinhäuser, hat die Frau gesagt, und dreimal Essen jeden Tag und Schuhe: Bei Nhlangano liegt es, nur einen Tag weit zu Fuß.

Da hat Thulani sich auf den Weg gemacht, und sein Herz hat gehämmert. Er ist nicht zum Fußballplatz gegangen an diesem Tag, und seinen Freunden hat er nichts gesagt und Nomphilo nur, dass er am nächsten Tag wiederkommt;

bis dahin muss sie für die Gogo das Wasser holen.

Und die Frau hat die Wahrheit erzählt. Thulanis Herz ist voller Freude gewesen, als er die Häuser gesehen hat, große Steinhäuser mit Glas in den Fenstern und Steinplatten auf den Wegen und dazwischen frisches Gras. Und überall waren Kinder, kleine und große, die haben gelacht und hatten Schuhe an den Füßen, man hätte glauben können, sie wären alle Kinder Seiner Majestät.

Aber näher heran hat Thulani sich nicht getraut. Er hat lieber eine Frau gefragt, die Maiskolben verkauft hat an der Straße für drei Emalangeni das Stück.

»Sawubona!«, hat Thulani gesagt. »Unjani. Ist das dahinten das Dorf für die Kinder, die keine Eltern mehr haben?« Und plötzlich musste er an die Hütte denken und an die Gogo auf dem Boden und an Nomphilo, die nie Wasser holen will. »Sind die alle Kinder, deren Eltern gegangen sind?«

Die Frau hat genickt und ihn angesehen von oben bis unten. Dann hat sie ihm von ihrem

Rost einen Maiskolben gegeben, der war nur ein ganz bisschen angebrannt.

»Den musst du nicht bezahlen!«, hat sie gesagt. »Ja, dem Herrn sei gedankt. All diese Kinder finden hier ein Zuhause.«

Thulani hat auf den Zaun gesehen, der so hoch war, wie er noch keinen gesehen hatte, und auf all den Stacheldraht, und plötzlich wusste er, dass es ganz unmöglich war.

»Aber was wird aus der Gogo, wenn Nomphilo und ich sie allein lassen?«, hat er gerufen. »Wer wird für sie sorgen, wenn Nomphilo und ich hier ein glückliches Leben haben?«

Da hat die Frau gelacht. »Du musst dich nicht sorgen, Junge, ein glückliches Leben werdet ihr hier nicht haben«, hat sie gesagt. »Das Dorf hat ja nur Platz für hundert Kinder. Und weißt du, wie viele wie dich es gibt im Land? Da müssten sie ja tausend Dörfer bauen, ach, mehr noch!, um für jedes einen Platz zu schaffen. Tausend solcher Dörfer! Du verstehst wohl, dass das nicht geht. Hamba kahle.«

Da hat Thulani genickt und sich bei der Frau bedankt. Der Maiskolben hat köstlich geschmeckt und ist ihm gerade recht gekommen vor dem langen Rückweg. Alles ist gut, wie es ist. Was wäre wohl sonst aus der Gogo geworden?

Manchmal, im Sommer, wenn am Abend die Blitze über den Himmel zucken, dass Thulani weiß, jetzt rufen die Geister, sitzt er hinter der Hütte neben dem Grab und spricht mit seiner Mutter; sie wird ihn schon hören. Er hat keine Angst, dass ein Blitz ihn erschlägt; auch wenn das Königreich das Land der Blitze ist und sie sich täglich ihre Opfer suchen. Thulani wartet, dass etwas passiert, und weiß doch nicht, was. Alles ist gut, wie es ist.

Ich kenne einen Jungen in Afrika, der ist elf Jahre alt und lebt in den Hügeln von Shiselweni, wo es schöner ist als irgendwo sonst auf der Welt, nicht weit von Hlatikulu. Mit seiner Gogo lebt er da und mit Nomphilo, seiner Schwester; und was morgen sein wird oder in einem Jahr, wenn er zwölf Jahre alt ist, danach fragt er nicht.

Darum hat diese Geschichte kein Ende.

## Mamas Buch

Sonto weiß, dass es jetzt Zeit ist. Sie hat lange gezögert, und sie hat immer noch Angst. Aber sie trägt die Dose mit dem Buch unter ihrem Arm, und im Buch steht, dass es Zeit ist, Sonto hat es nur nie gewagt, sich auf den Weg zu machen.

Pholile an ihrer Hand schluchzt, weil sie noch müde ist. Sie wird damit aufhören, wenn die Sonne erst über dem Horizont steht und der Schlaf aus ihren Augen gerieben ist. Pholile ist noch so klein, dass sie nicht versteht, warum sie gehen müssen. Aber Sonto konnte sie doch nicht allein zurücklassen. Und außerdem muss es auch bei Pholile geschehen. Das Buch ist nicht nur Sontos Buch, es gehört ihnen jetzt allen, und was darin steht, gilt für sie alle gleich.

Bheki hat nach ihr getreten, als sie ihn an der Schulter gerüttelt hat. Bheki ist nicht mitgekommen. Auch Bheki sollte gehen, aber Bheki geht nicht einmal mehr zur Schule. Was Sonto ihm sagt, ist Bheki ganz gleichgültig, wenigstens ist er groß genug, um allein zu bleiben in der Hütte, jetzt, wo Sonto mit Pholile aufgebrochen ist. 13 Jahre ist Bheki alt, so alt war Phefeni, als er gegangen ist.

Sonto denkt *gegangen*. Manchmal fragt Sonto sich, ob Phefeni nicht hätte gehen müssen, wenn Mama ihn eines Morgens früh geweckt und an die Hand genommen hätte, wie sie es jetzt mit Pholile tut. Aber Mama hat es ja nicht einmal für sich selbst gewagt. Und als sie es gewagt hat, war es zu spät.

Sonto und Pholile hilft Mama jetzt trotzdem mit ihrem Buch, so hat sie es gewollt. Sonto trägt die Dose mit dem Buch unter dem Arm, und sie passt auf, dass ihm nichts passiert.

Pholile hat aufgehört zu schluchzen. »Du bist ein großes Mädchen!«, sagt Sonto und rüttelt freundlich an ihrer Hand. »Wenn wir zum Fluss kommen, machen wir eine Pause.«

Es wird fast bis zum Mittag dauern bis Mhlosheni mit Pholile an der Hand, das weiß Sonto. Und was macht es aus, ob sie ein wenig später kommen oder früher? Sie muss sehen, dass Pholile fröhlich bleibt, dass dieser Tag für sie wie ein schöner Ausflug ist, damit sie tut, was Sonto ihr sagt. Schließlich müssen sie auch wieder zurück sein bis zur Nacht, und Sonto denkt schon jetzt, dass Pholile dann weinen wird vor Müdigkeit. Und tragen kann sie sie nicht den ganzen Weg.

»Jetzt darfst du trinken!«, sagt Sonto. Sie hat Wasser mitgenommen in einer Flasche, Wasser aus dem Kanister, in dem sie es zu Hause vom Fluss holt; das wäre gar nicht nötig gewesen, jetzt sind sie schon am Fluss, aber was, wenn Pholile Durst gehabt hätte, bevor sie den Fluss erreicht hätten? Wenn sie die Flasche leer getrunken haben, kann Sonto sie am Ufer wieder füllen. »Setz dich hin, Pholile.«

Pholile setzt sich auf das trockene Gras und streckt die Beine geschlossen vor sich aus. »Du sollst mir vorlesen«, sagt sie.

Sonto hält die Flasche gegen die Strömung. Solange sie genug Wasser haben auf ihrem Weg, wird Pholile nicht nach Essen fragen.

»Lies mir vor!«, sagt Pholile.

Sonto schraubt die Flasche zu. Der Schriftzug auf dem Plastik ist kaum mehr zu lesen. »ce Te«, Sonto wüsste gerne, was das einmal war. »ce Te«, das klingt nach einem fremden Getränk, süß vielleicht, vielleicht berauschend wie das Marula-Bier, das sie bald wieder brauen werden. Aber jetzt ist in der Flasche nur Wasser, wer würde für einen Weg wie diesen wohl auch Marula-Bier wollen.

»Also!«, sagt Sonto. Sie spricht geheimnisvoll wie immer, wenn sie Pholile aus dem Buch vorliest. Manchmal bleibt Bheki auch dabei, manchmal. Und er setzt sich nie, ein paar Schritte entfernt steht er dann mit gekreuzten Armen; aber er schreit nicht, und er reißt ihr das Buch nicht aus der Hand, davor hatte Sonto Angst beim ersten Mal. Manchmal geht er, bevor Sonto aufgehört hat zu lesen.

Behutsam öffnet Sonto die Dose. Auch an die Dose hat Mama noch gedacht, kann man denn ahnen, ob die Termiten nicht auch wissen möchten, was Mama geschrieben hat? »Und was die Termiten lesen, fressen sie auf!«, hat Mama gesagt und gelacht. Mama hat lustige

Dinge gesagt, bis zuletzt. Fast immer ist aus ihrem Lachen ein Husten geworden.

Und wenn die Termiten das Buch verschonen, kann man denn ahnen, ob der Regen es auch verschonen wird? Wenn die Gewitter kommen und die starken Regengüsse, die das Grasdach der Hütte immer noch löcheriger machen und löcheriger (kann Bheki nicht wenigstens das erledigen?, wenigstens das?), wird das Buch sich dann nicht auflösen, sein Einband aus Karton, auf dem Sonto noch immer »cle Whip« lesen kann, trotz Mamas Versuchen, es mit einem großen, lachenden Gesicht zu übermalen, und die Schrift auf den Seiten? An all das hat Mama gedacht, und Sonto ist zum Laden an der großen Straße gegangen und hat die Dose geholt. Früher einmal waren Kekse darin, Sonto weiß, dass es Kekse waren; das Bild ist noch zu erkennen, die Dose ist noch gut, und sie musste nicht gleich dafür zahlen. Immer wenn jetzt ein Lilangeni übrig ist oder auch nur ein paar Cent, geht sie zum Laden und zahlt, der Händler drängt sie nicht. Er weiß, wofür sie die Dose braucht. Auch andere

Kinder holen sich bei ihm ihre Dosen, er hat längst nicht genug.

»Dieses Erinnerungsbuch ist für …«, liest Sonto, und Pholile schmiegt sich in ihren Arm. Die nächsten Worte sprechen sie gemeinsam: »… Sonto, Bheki und Pholile.« Wer genau hinsieht, erkennt gleich, dass »Bheki« und »Pholile« mit einem anderen Stift geschrieben sind. Und in einer anderen Schrift.

Am Anfang wollte Mama für jedes Kind ein eigenes Buch machen, für Sonto zuerst: Weil sie die Älteste ist, jetzt, wo Phefeni gegangen ist. Aber die Zeit ist Mama davongelaufen. Da hat Sonto die Namen der anderen beiden dazugeschrieben, das hätte Mama gewollt. Wenn sie vorliest, liest Sonto an manchen Stellen »ihr«, wo »du« steht, und manche Sätze erfindet sie neu. Solange Pholile noch nicht lesen kann, ist das gleichgültig, und sie hört die Geschichten so gerne. Später wird Sonto ihr alles erklären.

»Ja«, sagt Pholile zufrieden. »Zuerst das von der Gogo.«

Sonto weiß, dass Pholile die Stelle so gerne hört, weil sie dabei das Foto ansehen kann. Und weil Sonto immer einen Scherz dazu macht, den gleichen wie Mama, jetzt macht ihn Pholile schon selbst. Sie blättert vorsichtig um. Die Seiten sind mit Bindfaden in den Einband aus Karton geheftet, sie muss aufpassen, dass sie nicht einreißen.

*»Deine Großeltern kamen aus Lubombo, aus der Nähe von Tikhuba«*, liest Sonto. *»In Lubombo ist das Land flach. Es ist heißer als bei uns in den Hügeln. Ganz nah sieht man die Berge, die Berge sind in Südafrika. Dein Großvater hat in Südafrika in den Minen gearbeitet.«*

»Jetzt die Gogo!«, sagt Pholile und lacht. Mit dem Zeigefinger zeigt sie auf das Foto. Sonto sieht, dass in der Mitte unter der Farbe schon das weiße Papier hindurchschimmert, so oft hat Pholile daraufgetippt.

*»Deine Gogo war stark und sehr dick«*, liest Sonto. *»Die Frau auf dem Foto ist nicht deine Gogo. Aber deine Gogo war genauso dick wie die Frau auf dem Foto.«*

»Wie ein Elefant!«, ruft Pholile. »Wie der Chief!«

»Ja, so dick war die Gogo«, sagt Sonto, obwohl sie die Gogo niemals gesehen hat. Noch nicht einmal auf einem Foto.

Das Foto im Buch haben sie aus einer Zeitschrift gerissen, »So dick war deine Gogo!«, hat Mama gesagt. »Deine Gogo war genauso dick wie die Frau auf dem Foto, jetzt weißt du, wie sie ausgesehen hat.« Mama hat lustige Dinge gesagt bis zuletzt, und Sonto hat das Foto ins Buch geklebt.

»Jetzt das Geschrei!«, sagt Pholile.

Sonto wirft einen schnellen Blick nach Osten. Sie will nicht mehr zu lange sitzen, hier am Fluss. Sie will in Mhlosheni sein, bevor die Sonne zu hoch steht.

»Das Geschrei!«, sagt Pholile. »Dann lauf ich.«

Sonto nickt. An dieser Stelle muss sie lügen. Aber was macht es aus, dass *»Sonto«* steht, wo sie *»Pholile«* liest? Auch Pholile wird doch geschrien haben, auch über Pholile war Mama glücklich, und Pholile hört die Geschichte so gerne. Später, wenn Pholile lesen kann, wird Sonto ihr alles erklären.

*»Pholile, deine Geburt dauerte zweiundzwan-*

*zig Stunden. Du warst ein kräftiges Baby. Du hast gleich geschrien. Du hast so laut geschrien, dass ich dachte, das Dach stürzt ein. Aber das Dach ist nicht eingestürzt. Ich war sehr stolz auf meine kräftige Tochter. Alle haben sich über dich gefreut. Du hast immer so laut geschrien, auch wenn du trinken wolltest. Da haben sie sich nicht mehr gefreut. Das ist ein Scherz.«*

»Ich kann immer noch ganz laut schreien«, sagt Pholile zufrieden. »Aaaaah!«

Sonto steht auf und klopft sich den Rock ab. »Komm«, sagt sie.

Sie gehen durch den Fluss, es hat lange nicht mehr geregnet, und er ist fast nur noch ein Rinnsal. An der Furt werden ihre Füße nur ganz in der Mitte noch nass, und Pholile bohrt ihre Zehen beim Waten in den Grund.

»Schwapp, schwapp!«, sagt sie.

»Lass!«, sagt Sonto.

Zuerst hat sie die Pappe geholt, im Laden an der großen Straße, die Dose hatte sie da noch nicht. Es gibt immer Kartons im Laden, der Händler bekommt darin seine Ware. Der Händler hebt die Kartons auf, immer kommen

Menschen, die sie brauchen. Er hat für Sonto die Pappe zurechtgeschnitten, sogar Löcher hat er mit einem Nagel gebohrt, dass die Blätter hineinpassen und mit einem Bindfaden zusammengebunden werden können. Die Blätter hat Sonto in der Schule bekommen. Sie weiß nicht, ob der Lehrer sie ihr geben durfte. Aber er hat sie ihr gegeben, auch später noch, immer noch mehr.

»Schon wieder vollgeschrieben?«, hat er gefragt. Der Lehrer schreibt kein Buch. Glaubt er, dass seine Kinder es nicht brauchen werden? Oder hat der Lehrer keine Kinder?

Geschrieben hat Mama zu Anfang noch allein. Sie hat auf dem Boden vor der Hütte gesessen und geschrieben, und manchmal hat sie dabei gelacht. Dann hat sie Sonto vielleicht vorgelesen, was sie geschrieben hat, bis der Husten gekommen ist und sie aufhören musste. Aber geschrieben hat Mama zu Anfang noch allein.

Einmal hat sie dabei geweint. Sonto ist nicht zu ihr gegangen. Sie hat nicht darauf gewartet, dass Mama ihr erklären würde, warum sie geweint hat. Aber Mama hat es doch getan.

»Sonto«, hat Mama gesagt. »Das hier gehört eigentlich in Phefenis Buch. Aber Phefeni kann ich es nicht mehr schreiben.«

Sie weint, weil Phefeni gegangen ist, hat Sonto gedacht. Es war noch nicht lange her damals. Für Phefeni musste Mama nun kein Buch mehr schreiben.

»Weil ich es Phefeni nicht schreiben kann, schreibe ich es dir«, hat Mama gesagt. »Ich muss es noch aufschreiben, bevor ich gehe. Es ist eine traurige Geschichte, Sonto. Für Bheki und Pholile schreibe ich es nicht. Bheki und Pholile sind zu klein.«

Nun hat sie für Bheki und Pholile gar nichts mehr geschrieben. Aber die traurige Geschichte steht in Sontos Buch, das jetzt auch Bhekis und Pholiles Buch ist, und Sonto hat sie Pholile noch nie vorgelesen. Ob Bheki sie gelesen hat, weiß sie nicht. Mit Bheki spricht sie nicht über solche Dinge.

*»Sonto, es war, als ich ein großes Mädchen war, dort im Lubombo Distrikt. Dein Großvater ist zur Arbeit nach Südafrika in die Minen gefahren. Sein Bruder hat auf deine Gogo und uns Kinder aufge-*

*passt. Er war der jüngere Bruder. Er wollte nicht in den Minen arbeiten. Sonto, ich war nicht viel älter, als du es jetzt bist. Er hat nicht auf uns aufgepasst. Er hat etwas ganz anderes getan, Sonto, was man nicht schreiben kann, und er hat mir gedroht, dass er mich tötet, wenn ich ihn verrate. So ist Phefeni geboren, und ich bin nach Matsapha gegangen in die Fabriken, um Geld zu verdienen. Für Phefeni und für mich. In Matsapha habe ich deinen Vater kennengelernt. Er war ein guter Mann. Als es keine Arbeit mehr für uns gab, sind wir zurück nach Shiselweni gegangen zu seiner Familie. Phefeni war für ihn wie ein Sohn. Aber ich habe ihm nie gesagt, wer Phefenis Vater war. Ich habe gelogen, verzeih mir, es gibt Dinge, die kann man nicht erzählen. Aber jetzt, wo ich bald gehen muss, Sonto, will ich sie doch erzählen, weil die Wahrheit sonst mit mir geht. Und dann ist es, als wäre sie aus der Welt und nie gewesen, darum soll irgendwer davon wissen, du weißt jetzt davon, Sonto. Jede Nacht liege ich wach und denke daran, noch immer. Pass auf deine Geschwister auf, Sonto, pass auf deine Geschwister auf.«*

Ja, sie musste immer neues Papier aus der Schule mitbringen zu Anfang. Zu Anfang hat

Mama geschrieben und geschrieben, und ihre Schrift war kräftig. Die Zeilen sind am Ende der Seite ein wenig nach unten vom Papier gerutscht.

»Du hörst gar nicht zu!«, sagt Pholile. Vor ihnen liegt die Straße, der rote Sand wird langsam heiß unter den Füßen. »Was machen wir in Mhlosheni?«

»Das habe ich dir doch erzählt«, sagt Sonto. »Ein Geheimnis.«

Pholile kneift die Brauen zusammen. »Dann hast du es nicht erzählt!«, sagt sie. »Ein Geheimnis ist nicht erzählt.«

»Ich zeige dir, wo ich mit Mama war«, sagt Sonto. Das ist nur die halbe Wahrheit, irgendetwas muss sie jetzt erzählen. »Das ist das Geheimnis. Da gehen wir jetzt hin, nur wir beide. Ich zeige dir, wo ich immer mit Mama war.«

Pholile sieht ein bisschen verwirrt aus. Sie kann sich an Mama erinnern, das weiß Sonto bestimmt, so lange ist es doch noch nicht her. Aber für Pholile vielleicht schon, sie ist noch so klein. »Bheki darf nicht mit!«, sagt Pholile zufrieden.

»Nein, das ist nur unser Geheimnis!«, sagt Sonto.

Zu Anfang war es auch Mamas Geheimnis, sie hat nicht gesagt, wohin sie gegangen ist, zu Anfang nicht. Und als sie zum zweiten Mal fort war, hat sie geweint, als sie zurückgekommen ist. Aber sie hat nicht geredet. Bald danach hat sie Sonto geschickt, den Karton zu holen. Und das Papier aus der Schule.

Und obwohl Mama noch allein geschrieben hat, immerzu, immerzu zu Anfang, obwohl sie noch kräftig war und den Maisbrei gerührt hat über dem Feuer, hat Sonto doch gewusst, was sie Mama in Mhlosheni gesagt hatten. Sie hat es schon gewusst, bevor Mama geweint hat, schon bevor sie zum ersten Mal gegangen ist, immer dünner war sie ja geworden und konnte kein Essen bei sich behalten, und der Husten hat sie so geschüttelt, dass Pholile manchmal weggelaufen ist.

Dann später konnte es kein Geheimnis mehr bleiben. Und so vielen war es ja schon genauso gegangen im Chiefdom und in den Hügeln überall, warum sollte Mama da nicht die Wahrheit sagen? Warum sollte sie sich schämen für etwas, das doch nicht ihre Schuld war? Sonto denkt an den unbekannten Onkel im Osten, im Lubombo Distrikt; wenn Mama Phefeni angesteckt hat, muss die Krankheit schon in ihr gelauert haben, als sie Phefeni geboren hat. Auch daran, dass Papa gegangen ist, ist dann der Onkel schuld, an allem.

»Jetzt musst du mir helfen, Sonto!«, hat Mama eines Tages geflüstert. Sie hat gekeucht. Ihre Stirn war heiß, und ihre Augen haben geglänzt, schon lange konnte sie nicht mehr nach Mhlosheni gehen. Manchmal ist eine Schwester zu ihnen in die Hütte gekommen, nicht oft. Die Schwestern haben nicht genug Zeit, und der Weg ist zu weit, und es sind zu viele Menschen, die in den Hütten liegen, und außerdem, was sollte es schon helfen.

Von diesem Tag an hat Sonto auf dem Papier aus der Schule geschrieben, auf den Seiten im Buch ist die Schrift nun rund und ordentlich und stürzt nicht mehr über den Rand nach unten. Sonto war immer stolz, wie ordentlich sie schreiben kann. Trotzdem wäre es schöner, wenn auch diese Seiten in Mamas müder Schrift geschrieben wären.

*»Meine schönsten Erinnerungen an die Zeit mit dir!«*, hat Mama geflüstert. »Schreib das über die Seite. Hörst du, Sonto?«

Und Sonto hat ihr den Schweiß von der Stirn gewischt und nicht zu sagen gewagt, dass sie die schönsten Erinnerungen an Pholile und Bheki doch gleich mit dazu erzählen soll, weil es ein eigenes Buch für Pholile und Bheki nun niemals geben wird. Sie hat genickt und geschrieben.

*»Du warst ein braves Kind, Sonto, und ein fröhliches Kind. Als du klein warst, hast du viel gelacht. Dein schönstes Spielzeug war die Puppe, die die Nachbarin dir geschenkt hat, als ihr letztes Kind gegangen war. Kein Kind sonst hatte eine Puppe, die Nachbarin hatte sie selbst genäht. Du hast mit ihr gesprochen und sie gefüttert, wenn du gegessen hast, Sonto. Darum hat sie jetzt diese Flecken, wo ihr Gesicht sein sollte, und ich habe gewusst, dass du einmal eine gute Mutter sein wirst. Jetzt hat Pholile die Puppe, pass gut auf Pholile auf.«*

Sonto muss das Buch gar nicht lesen, sie hat

alle Worte im Kopf. Wenn sie daran denkt, ist es, als ob Mama mit ihr spricht: Über ihre eigene Kindheit in der Hitze der Ebenen im Osten, über die Zeit in den Fabriken; über Sontos Vater, über alles, was er ihr aus seinem Leben erzählt hat; und Ermahnungen, lustige Geschichten, ein Gebet. Aber Sontos Lieblingsseite ist die Seite, über die sie *Was ich mir für dich wünsche* schreiben musste.

»*Was ich mir für dich wünsche.*

*Ich liebe dich sehr, Sonto. Eine bessere Tochter hat keine Mutter, ich liebe dich sehr. Für dein Leben wünsche ich dir, dass du glücklich wirst. Dass die Krankheit nicht in dir lauert und dass du mir vergibst, wenn sie es tut, denn dann ist sie von mir zu dir gekommen bei deiner Geburt, vergib mir, Sonto, meine wunderbare Tochter! Aber wenn die Krankheit noch draußen auf dich wartet, dann wünsche ich mir, dass du dafür sorgst, dass sie dich niemals finden kann. Pass auf dich auf, Sonto, meine wunderbare Tochter! Sieh, was mir geschehen ist!*

*Für dein Leben wünsche ich mir, dass du zur Schule gehst, bis zum Schluss. Du musst das Geld für die Uniform finden, damit du gehen darfst, und für die Schulschuhe. Ein Tag ohne Essen im Magen ist nicht so schlimm wie ein Tag ohne Schule. Du musst lernen, Sonto, dann kannst du vielleicht eine gute Arbeit finden und ein gutes Leben führen. Und einen guten Mann finden, der es nicht in sich trägt. Ich liebe dich sehr, Sonto, und ich werde auf dich achtgeben, wenn ich gegangen bin, und alle Vorfahren werden es mit mir tun, denn ich werde sie darum bitten.«*

Sonto streicht sich im Gehen über die Nase. Mama hat geweint, als sie ihr das diktiert hat, danach hat es nicht mehr lange gedauert. Aber plötzlich hat Mama aufgelacht, es hat wie ein Schluchzen geklungen oder vielleicht wie ein Husten, aber Sonto hat sie ja gekannt und wusste, dass es ein Lachen war.

»Auch deine dicke Gogo!«, hat Mama geflüstert, Mama hat lustige Dinge gesagt bis zuletzt, und Sonto musste einen Augenblick überlegen, aber dann hat sie verstanden, dass Mama gemeint hat, auch die dicke Gogo aus dem Lubombo Distrikt würde auf sie achtgeben, und sie hat mitgelacht. Sonto denkt oft daran, dass sie alle das jetzt tun, alle Vorfahren. Weil Mama

kubaiendlela lungatih
ppeju kubsintfu | kumun
wako. kungaba send
kilephansini
la nom

sie darum gebeten hat. Darum ist Sonto nicht allein.

»Sind wir bald da?«, fragt Pholile. Bald wird Sonto auch für Pholile eine Schuluniform brauchen und Schulschuhe. Sonto wird sehen müssen, woher sie die Uniform und die Schuhe bekommt. »Setz dich noch einen Augenblick«, sagt Sonto. »Es ist nicht mehr weit. Ich les dir noch einmal vor.« Pholile lässt sich ins Gras am Straßenrand plumpsen, das rot ist vom Staub und trocken, jetzt am Ende des Sommers. »Wie lieb ich bin!«, sagt sie. »Wie sie mich lieb hat.«

Da öffnet Sonto die Dose und öffnet das Buch und liest vor, wozu sie doch eigentlich das Buch gar nicht brauchen würde.

*»Was ich mir für dich wünsche.*

*Ich liebe dich sehr, Pholile. Eine bessere Tochter hat keine Mutter, ich liebe dich sehr. Für dein Leben wünsche ich dir, dass du glücklich wirst. Dass die Krankheit nicht in dir lauert und dass du mir vergibst, wenn sie es tut, denn dann ist sie von mir zu dir gekommen bei deiner Geburt, vergib mir, Pholile, meine wunderbare Tochter! Aber wenn die Krankheit noch draußen auf dich wartet, dann wünsche ich mir, dass du dafür sorgst, dass sie dich niemals finden kann. Pass auf dich auf, Pholile, meine wunderbare Tochter!«*

»Sie lauert nicht!«, sagt Pholile entschieden, und warum sollte sie das auch tun in einem Mädchen, das lacht und hüpft und seine Puppe küsst, wenn es sie füttert, und abends nicht einschlafen will, wenn Sonto ihm die Matte ausrollt, weil noch so viel Kraft in ihm ist und so viel Fröhlichkeit?

Aber Phefeni hat auch gelacht, Phefeni wollte auch nicht schlafen. Darum gehen sie jetzt nach Mhlosheni, Sonto hat es Mama versprochen, sie müssen es wissen.

»Ich bin ihre wunderbare Tochter«, sagt Pholile. »Bist du auch ihre wunderbare Tochter, Sonto?«

Da liest Sonto noch das mit der Schule und dem Lernen und am Ende auch noch, was Mama über die dicke Gogo geschrieben hat.

»Ja, die passen alle auf«, sagt Pholile und sieht zu, wie Sonto die Dose wieder schließt. »Ist es noch weit bis zum Geheimnis?«

Schon wieder wischt sich Sonto den Staub

vom Rock. »Nicht mehr sehr!«, sagt sie. »Du kannst deine Schritte zählen, Pholile. Du kannst doch schon zählen.«

Pholile nickt ernsthaft, eine Weile ist sie jetzt beschäftigt. Sonto hört, wie die Zahlen sich verwirren, wenn Pholile bei zehn angekommen ist. Wenn sie auf verschlungenen Wegen zwanzig erreicht, beginnt sie wieder mit eins.

*Für dein Leben wünsche ich dir, dass du glücklich wirst. Dass die Krankheit nicht in dir lauert.*

Hinter der Biegung muss jetzt bald die Krankenstation von Mhlosheni auftauchen: das große Schild, das allen sagt, welche Hilfe hier zu haben ist jeden Tag von den beiden Krankenschwestern, die immer freundlich sind, freundlich und müde, das weiß Sonto noch; und von den weißen Ärzten, die einmal in der Woche in ihrem Wagen kommen, mit Zorn in den Augen nicht auf die Menschen, sondern auf die Krankheit, die sich nicht besiegen lassen will, wie sehr sie sich auch bemühen. Dann fahren sie zurück in ihre Länder, in denen es immer kalt ist und in die ihnen die Krankheit nicht folgt; und vielleicht vergessen sie, was sie nicht ertragen können, und vielleicht erinnern sie sich an Augen, in denen keine Hoffnung mehr ist, an bellenden Husten und an Haut, die blüht; an Mütter und Väter und Kinder, die zu spät gekommen sind, so viele zu spät.

Darum hat Sonto Pholile heute Morgen so früh geweckt, sie hat gesehen, was sie gesehen hat: bei Papa, bei Mama, bei Phefeni. Mama hätte gewollt, dass sie herkommt, auch wenn sie am Ende nicht mehr die Kraft hatte, die Sätze zu diktieren. Aber Sonto hat Mamas Stimme gehört in ihrem Kopf, und so hat sie es selbst aufgeschrieben, Pholile und Bheki müssen niemals erfahren, dass sie die Sätze allein geschrieben hat. Mamas Sätze sind es trotzdem.

Sie hat es geschrieben, als Mamas keuchender Atem ausgeblieben ist auf der Matte in der Hütte, gleich danach. Sie hat gesessen und Mamas Hand gehalten, während Mamas Augen schon seit Stunden in eine Ferne gesehen haben, von der kein Lebender weiß, und während ihr Atem stoßweise kam; und als die Pausen immer länger wurden zwischen den Atemzügen, die waren wie ein Seufzen, hat sie endlich nach Pholile gerufen und nach Bheki, aber Bheki ist nicht gekommen. Pholile hat Mamas Gesicht gestreichelt, Pholile kennt ja kein anderes Gesicht von ihr; nicht Mamas lachende Augen, Mamas runde Wangen, Pholile ist noch so klein, und die Frau auf der Matte ist Mama, so ist sie für Pholile immer gewesen. Dann ist der Atem ausgeblieben.

Sonto hat noch einen Augenblick gewartet, dann hat sie Pholiles Hände zusammengelegt zum Gebet, ihre eigenen auch. Nach dem Gebet hat sie Pholile zur Nachbarin geschickt. Pholile war noch so klein, aber Bheki war nicht da, und Sonto musste noch bleiben.

»Mama ist gegangen, Pholile«, hat Sonto gesagt. »Sag der Nachbarin, dass sie kommen soll.« Und Pholile hat sich auf den Weg gemacht über den Hügel und hat nicht geweint, stolz, dass sie die Nachricht alleine überbringen durfte, jetzt war sie ein großes Mädchen.

Aber Sonto ist geblieben. Neben Mama hat sie das Buch aufgeschlagen und geschrieben, was Mama nun nie mehr schreiben konnte.

*Sonto, ich wünsche mir, dass ihr nach Mhlo-*

*sheni zur Krankenstation geht, alle meine Kinder. Ich wünsche mir, dass ihr es wisst, auch wenn die Angst groß ist, denn wenn alles gut ist, danke ich dem Herrn, und ihr müsst euch nicht sorgen. Aber wenn die Krankheit doch in euch lauert, verzeiht mir, Kinder!, werden sie euch helfen in Mhlosheni mit ihren Medikamenten, und ihr könnt noch viele glückliche Jahre haben.*

So hätte Mama es geschrieben, so hat Sonto es geschrieben, Pholile und Bheki müssen nichts wissen von ihrer kleinen Lüge.

Sie hat Mama angesehen, die nun so friedlich dalag auf ihrer Matte und nicht mehr kämpfen musste um jeden Atemzug, und sie hat ihr die Augen geschlossen und Mama um Verzeihung gebeten, dass sie es geschrieben hatte in ihrem Namen, obwohl sie doch wusste, dass Verzeihung nicht nötig war: Weil Mama es von ihrer großen Tochter gewollt hätte, genau so. Und Sonto ist neben Mama sitzen geblieben, bis Pholile mit der Nachbarin gekommen ist, stolz, dass sie sie geholt hatte, ganz allein. Sonto wollte Mama ansehen, solange sie noch Mama war, als wäre noch Leben in ihr, als könnte sie gleich die Augen aufschlagen und lachen und sagen: *Hast du geglaubt, ich wäre gegangen, Sonto, meine wunderbare Tochter?* So lebendig, so lebendig.

Aber Sonto weiß ja, dass Mama nicht mehr lange bleiben wird, sie weiß es von Phefeni und von Papa. Bald wird Mama ganz verschwunden sein aus dem Körper, der jetzt noch so warm daliegt auf der Matte und wie immer, und aus dem Gesicht, das leer werden wird. Nicht mehr lange, und Sonto wird anderswo nach Mama suchen müssen, nicht mehr in diesem Gesicht, das bald fremd sein wird. Bis das geschieht, will Sonto bei ihr bleiben.

»Ich kann das sehen!«, ruft Pholile und hüpft im roten Staub der Straße. Das Schild auf seinen hohen Pfosten ragt über die Sträucher, dann ist da schon das schwarze eiserne Tor, dessen rechter Flügel noch immer schief in den Angeln hängt. »Sind wir da, Sonto, sind wir jetzt da?«

Vor dem weiß getünchten Bungalow sitzen zwei Männer auf der ausgedörrten Erde, die Köpfe haben sie an die Wand gelehnt. Nur einer hat die Augen geschlossen.

»Ja, jetzt sind wir da!«, sagt Sonto. »Du bist ein großes Mädchen, Pholile, du kannst schon so weit gehen! Gleich darfst du die Krankenstation von Mhlosheni sehen. Du weinst doch nicht, wenn es einen kleinen Pikser gibt? Du bist doch schon groß!«

Pholile guckt neugierig, als sie den Raum hinter der Eingangstür betreten, in dem auf einer hölzernen Bank ohne Lehne und auf dem Boden geduldig die Patienten warten, Männer, Frauen und Kinder. Manche haben sich nur einen Arm gebrochen oder bei der Ernte mit der Hacke in den Fuß geschlagen, die Schwestern werden ihnen helfen. Man muss sich anmelden, man muss sagen, warum man gekommen ist.

Pholile drängt sich gegen Sontos Beine. »Aber nur ein ganz kleiner Pikser?«, fragt sie verwirrt. »Ist das das Geheimnis?«

»Das ist das Geheimnis!«, sagt Sonto und geht zu der Schwester, die das große Buch aufschlägt, in das sie jetzt auch ihren Namen schreiben wird und Pholiles Namen und dahinter, an welchem Tag sie gekommen sind, um die Testung zu machen.

Die Schwester lächelt und streichelt Pholile über den Kopf, und Sonto sagt Pholile nicht, dass das Geheimnis noch ein Geheimnis bleiben wird bis zu ihrem nächsten Besuch.

»Ich bin Mamas wunderbare Tochter!«, sagt Pholile und zeigt der Schwester die Dose. »Das steht da drin.«

Als sie in den Raum gehen, in dem der weiße Arzt lächelnd wartet mit seinem müden Gesicht, weiß Sonto, dass Mama jetzt auf sie heruntersieht und stolz auf sie ist; und alle Vorfahren und die dicke Gogo aus dem Lubombo Distrikt auch.

Der Mann hat Lungile gefragt, ob er sie am Morgen irgendwohin mitnehmen soll, der zweite Mann. Es war freundlich gemeint, das weiß Lungile. Er hat geschwitzt, er hat so furchtbar geschwitzt, er war nicht mehr jung. Bestimmt hat er eine Familie, eine Frau, bestimmt hat er auch Kinder in Mosambik, irgendwo in der Nähe von Maputo; er kam irgendwo aus der Nähe von Maputo hinter der Grenze, so viel hat Lungile verstanden. Sein Englisch, ihr Englisch. Aber er war freundlich. Auch seine Frage war freundlich gemeint.

Lungile ist ausgestiegen, sie hat sich hinter der Tankstelle zum Schlafen gelegt; aber manchmal kommt die Polizei, um zu kontrollieren, das hat der Mann Lungile noch gesagt, darum war ihr Schlaf nicht tief. Als im Osten die Sonne gerade erst zu ahnen war, ist sie aufgebrochen.

Manzini Market ist nicht weit, Lungile hat keine Angst vor dem Weg, aber die Straßen sind hart unter ihren durchgelaufenen Flip-Flops. Wenn sie schnell die richtigen Schuhe findet, kann sie heute Abend zu Hause sein. Wenn ein Autofahrer anhält und sie mitnimmt, nach Hause zurück. Lungile zieht die Schultern hoch und zwingt sich, nur an zu Hause zu denken. Wenn ein Autofahrer sie mitnimmt auf dem großen Highway und vielleicht sogar noch die letzten Kilometer über die breite rote Sandstraße: Dann geht sie zu Fuß in die Hügel, wo kein Auto mehr fährt, den Weg findet sie sogar in der Dunkelheit. Eine zweite Nacht soll Jabu nicht mehr allein bleiben müssen.

Lungile schließt die Finger um den kleinen Zweig. Die ganze Nacht hat sie ihn nicht losgelassen, auch gestern nicht. Wenn sie ihn verliert, war die Reise umsonst. Sie müsste noch einmal zurück, um einen neuen zu holen.

Wie laut es hier überall ist! Das Brummen der Motoren auf dem großen Highway, der quer durch das ganze Land führt, von Südafrika nach Südafrika, und von Matsapha nach

Manzini ist es nur ein kurzes Stück. Dass es so viele Autos geben kann auf der Welt; und jetzt in den Straßen der Stadt noch das Stimmengewirr, das Lachen und Rufen: so viele Autos und so viele Menschen. Beim ersten Mal hat Lungile alles Angst gemacht. Jetzt macht ihr vielleicht nichts mehr Angst. Nach dieser Nacht kann ihr vielleicht nichts mehr Angst machen.

Die Menschen in der Stadt haben es eilig, dabei sind die Wege hier doch nur kurz. Lungile sieht Mädchen in Hosen; eine Frau, die Geld aus einer Maschine in einer Mauer bekommt; einen weißen Mann, er trägt eine Kamera: Da ist er vielleicht kein Arzt. Und niemand läuft barfuß.

Hohe, feste Häuser, an diese Straße erinnert Lungile sich gut; daneben eine Hütte, das Schild, auf das irgendwer mit dem Pinsel *Shoe Repair and Haircuts* geschrieben hat, ist von Sonne und Regen verblichen. Das Stimmgewirr wird lauter, hier gleich beginnt der Markt.

Lungile wirft nur einen Blick in die große Halle, in der vor der Sonne geschützt Bananen angeboten werden, Pfirsiche, Äpfel und Früchte, deren Namen Lungile nur ahnen kann und die auf Lastwagen nach Manzini gefahren werden; an Lastwagen will Lungile nicht denken. Große Säcke mit Zwiebeln, mit Kartoffeln, die Weißen essen Kartoffeln, keinen Mais: Auch der König isst Kartoffeln. Ein Glas, schon halb leer, in dem kleine bunte Kugeln aus Zucker in Zellophan darauf warten, dass irgendwer sie kaufen will; *Sweets*, sie heißen *Sweets*, aber wer wird seine Emalangeni wohl für so etwas hergeben, wenn es doch gleichzeitig Zwiebeln gibt und Bananen, und auf dem Markt neben der Halle all die vielen Dinge, von denen auch jeder in den Dörfern weiß, wofür man sie braucht: dreibeinige Töpfe, große und kleine, noch ganz silbern und glänzend, bevor der Ruß über dem Feuer sie schwärzen wird; und Kleider, so unendlich viele verschiedene Kleider, die teuren noch gut, die billigen noch tragbar. Die haben freundliche Menschen in den reichen Ländern verschenkt, damit die Händler auf Manzini Market sie verkaufen können. Und weiter oben an einem Ständer auf Bügeln auch Kleider der Swasi, wie man sie in den Dörfern trägt, wer genügend Emalangeni besitzt: Im Schatten beugt sich eine Frau an einer Nähmaschine über den blauen Stoff und bewegt mit den Füßen das Schwungpedal.

Wer eine Nähmaschine haben könnte! Und wer sich eine bunte Tasche kaufen könnte! Taschen, bunte Taschen, auf dem Boden sitzt eine lachende Frau und flicht sie aus breiten, vielfarbigen Bändern. Manchmal gibt es auch Weiße auf Manzini Market, Menschen, die reisen ohne Grund, die gekommen sind, nur um Manzini Market zu sehen, wer kann das verstehen; sie sehen sich um, was es hier für sie gibt, sie wollen keine schweren Töpfe auf ihrer Reise, seufzend kaufen sie bei der lachenden Frau die Taschen und bezahlen mit Scheinen, die ihnen fremd sind.

An den Ständen mit Umuti geht Lungile schnell vorbei, an all den Dingen, die ein Sangoma braucht. Der Sangoma konnte der Gogo nicht helfen, als sie immer müder geworden ist, er konnte vorher auch Mama nicht helfen, als sie nur noch auf der Matte gelegen hat und trinken wollte. Umuti braucht der Sangoma, um Menschen zu heilen, aber nicht immer gelingt es ihm, auch wenn es hier so viele geheimnisvolle Dinge zu kaufen gibt: Kräuter und Knochen und Steine und merkwürdige graue Sterne, von denen Lungile weiß, dass sie den weiten Weg aus dem Meer gekommen sind. Es gibt kein Meer, nicht in Swasiland; aber damit der Sangoma heilen kann, kommen die Sterne auf Lastwagen aus Südafrika oder Mosambik. An Lastwagen will Lungile nicht denken, auch nicht an Mosambik.

Aber Schuhe gibt es keine hier, das weiß Lungile doch, nicht, wie sie sie braucht. Nur am Stand neben dem Turm aus Töpfen schustert ein Mann Sandalen aus Lederriemen, Sandalen braucht Lungile nicht. An der Straße hat sie gestern gesucht, auf die der Markt übergeschwappt ist und wo die Menschen aus den Dörfern geduldig warten, um zu verkaufen, was sie zu Hause geflochten, gewebt, geschnitzt haben: Schlafmatten für den Boden in den Hütten, Besen aus Gras, hölzerne Löffel mit Stielen, so lang, dass man im Stehen im Topf damit rühren kann, der auf dem Boden über dem Feuer steht. Dort an der Straße hat Lungile die Schuhe gestern entdeckt.

Ein kleiner Stolz lässt Lungile lächeln. Sie weiß, wo sie die richtigen Schuhe kaufen kann, sie ist nicht zum ersten Mal hier. Sie ist nicht wie die dummen Mädchen aus den Dörfern, die nichts kennen und nichts verstehen. Einen Augenblick spürt Lungile fast etwas wie Freude. Wenn nur die Müdigkeit nicht wäre; und wenn es die letzte Nacht nicht gegeben hätte. Jetzt darf sie nur an die Schuhe denken.

Zum ersten Mal ist Lungile nach Manzini gekommen, als die Gogo gestorben war, sie hat die Nachbarin gebeten, auf Jabu aufzupassen. Lungile hat ihre Schuluniform angezogen, den Rock, die Bluse, auch die Schulschuhe und die weißen Socken. Sauber wollte sie aussehen, klug wollte sie aussehen, sie wollte aussehen wie ein Mädchen, dem man Arbeit geben kann. Sie hatte doch gehört von Mädchen aus den Hügeln, die in die Stadt verschwanden, nur für wenige Tage oft, und die zurückkamen mit einer Tasche voller Emalangeni.

Wie dumm sie war damals! Das letzte Geld,

das in der Hütte in der rostigen runden Dose lag, in der Dose, auf der *Orange Marmelade* steht, woher hatte die Gogo die Dose?, hat sie eingesteckt; aber nicht, weil sie etwas kaufen wollte in Manzini. Wie dumm sie war damals! Sie hat es für die Fahrt ausgegeben, für den Bus von Nhlangano nach Manzini. Bis Nhlangano ist sie gelaufen, da waren ihre Schuhe staubig, bevor sie losgefahren ist. All ihr Geld hat sie gebraucht für die weite Fahrt über die festen Straßen und über den breiten Highway, sie hat aus dem Fenster gesehen auf die grünen Hügel und die Felsen, die einfach nur herumlagen im Gras und aussahen, als hätte ein Riese damit um sich geworfen; voller Erwartung war sie und hat sich gefühlt wie eine Prinzessin. Sie hat geglaubt, in der Stadt würde sie das Geld für die Rückfahrt verdienen und noch viel mehr, wie dumm sie war.

Eine Frau, die einen Sack auf dem Kopf trägt, stößt Lungile zur Seite. Am Straßenrand verkaufen sie Salben in weißen Dosen, Salben, wie sie sie auch in den Hügeln über dem Feuer rühren, die gegen alles helfen und die Haut glatt und schön machen. Hier irgendwo steht der Mann mit den Schuhen.

So weit ist Lungile nicht gegangen, damals beim ersten Mal. Sie ist auf der großen Straße geblieben, *Ngwane Street,* sie hatte ja nicht gewusst, dass es solche Straßen gibt, solche Geschäfte: In Häusern über zwei Stockwerke oder sogar drei, in denen man alles kaufen kann, mehr als alles!, tausend Dinge, von denen in den Hügeln keiner weiß.

Und niemand hat sie verjagt, als sie durch die große Tür in den Laden mit dem Essen getreten ist, der war größer als ein Palast und gefüllt mit Dingen, die man essen kann, wenn man nur genug Emalangeni besitzt. Auf einmal war es kühler, und die Luft hat gesummt. An der Wand hingen neben der Tür das Foto des Königs und das der Königinmutter, genau wie im Laden bei ihnen an der Straße, *General Store*.

Aber sonst war nichts wie im Laden an der Straße, in den nur geht, wer sich einen Tag lang reich fühlen darf, und wo es alles nur in kleinen Mengen gibt, drei von jedem, fünf von jedem: Dosen und Aspirin und Tüten, auf denen *Love safely!* steht, und ein rotes T-Shirt und ein blaues. Wo von der Decke das ganze Jahr glitzernde Weihnachtsgirlanden hängen und Fahnen von Coca Cola, und in einem Glas locken bunte Kugeln aus Zucker, *Sweets*, genau wie in Manzini auf dem Markt.

Nicht nur drei oder fünf gibt es hier, hier in Manzini gibt es tausend von allem: tausend von tausend Dingen. In unendlich langen Regalen steht, wovon Lungile nicht weiß, was es ist und wozu man es brauchen kann. In Türmen liegen Früchte in papiergeschmückten Kästen, viel, viel mehr noch als in der Markthalle, in tiefen Truhen glitzert es weiß, und wenn Lungile sich darüberbeugt, wird ihr selbst in der Kühle noch kälter. Lungile hat gewusst, dass es ein anderes Leben gibt als das in den Hügeln; in dem kühlen Raum dort hat sie es wirklich verstanden.

Lungile hat lange gebraucht, bis sie gewagt hat zu fragen. Die Frauen sind alle so beschäftigt. Sie sitzen vor einem Laufband aus schwarzem Gummi und nehmen, was die Menschen sich ausgesucht haben, um es mit blitzschnellen Fingern über ein Fenster zu ziehen, bis ein Stück weißes Papier mit Zahlen erscheint. Lungile hat lange gewartet, dann hat sie es gewagt.

Aber die Frau hat nicht einmal aufgesehen bei ihrer Antwort, immer noch weiter hat sie die Dinge über das Fenster geschoben. Was will Lungile denn arbeiten? Kinder dürfen nicht arbeiten im Land, der König will nicht, dass Kinder arbeiten in seinem Land, weiß Lungile das nicht?, Kinder sollen zur Schule gehen. Hier jedenfalls haben sie keine Arbeit für Lungile.

Da ist Lungile weitergegangen, was hatte sie denn geglaubt? Dass die Arbeit auf der Straße liegt in Manzini? Was hatte sie denn geglaubt, wo sie fragen wollte nach Arbeit in dieser Stadt, die so ganz anders ist als ihre Welt in den Hügeln? Was hatte sie sich denn gedacht, als sie aufgebrochen ist in der Morgendämmerung? Auf der Straße ist die Hitze über Lungile zusammengeschlagen nach der kühlen, summenden Luft in dem großen Geschäft. Jetzt hatte sie kein Geld verdient und nicht einmal mehr Geld für die Rückfahrt, und da ist auch die Angst über Lungile zusammengeschlagen.

Die Frau, die ihr den Arm um die Schultern gelegt hat, trug goldene Ohrringe und einen Hut, und sie hat zu Lungile gesagt, dass die Mädchen aus den Hügeln in Matsapha Arbeit finden. »Wo die Fabriken sind«, hat sie gesagt, es war ein merkwürdiger Klang dabei.

Da ist Lungile nach Matsapha gelaufen. Sie hat nicht mehr so sauber ausgesehen jetzt und vielleicht auch nicht mehr wie ein Mädchen, dem man Arbeit geben kann; ihre Schuhe waren staubig und die Uniform zerknittert, und von den Tränen hatte sie vielleicht Spuren im Gesicht. Aber inzwischen hat sie schon gewusst, dass sie allen Mut zusammennehmen muss, und an der Tankstelle hat sie gefragt.

»Sawubona!«, hat Lungile gesagt. »Guten Tag.«

Der Junge, der gerade einem großen Auto die Scheibe gewischt hat, mit viel Schaum, hat nur kurz aufgesehen.

»Man hat mir gesagt, dass es in Matsapha Arbeit gibt. Ich suche Arbeit in den Fabriken.«

Jetzt hat der Junge die Scheibe trocken gewischt mit einem langen Stab. Der Mann auf dem Fahrersitz hat ihn ungeduldig zur Seite gewinkt, das Auto ist mit einem Satz angefahren.

»Sie nehmen keine Kinder in den Fabriken!«, hat der Junge gesagt. »Wusstest du das nicht? Der König will, dass die Kinder in seinem Land in die Schule gehen.« Er hat sie angesehen auf eine Weise, die Lungile nicht verstanden hat. Sein Blick ist von ihrem Kopf bis zu den Füßen gewandert und wieder zurück, zwischendurch hat er sich manchmal eine Weile ausgeruht. Als er ihr wieder in die Augen gesehen hat, war da ein Hauch Unsicherheit, wie eine Frage.

»Versuch Matsapha Truck Stop!«, hat er gesagt. »Vielleicht meintest du sowieso Matsapha Truck Stop?«

Lungile hat sich auf die Lippe gebissen. »Gibt es da Arbeit?«, hat sie gefragt. »Nehmen sie Kinder bei Matsapha Truck Stop?«

Aber da ist schon wieder ein Auto vorgefahren, und der Fahrer hat die Fensterscheibe heruntergekurbelt, und der Junge hat die kleine Klappe an der linken Seite des Autos aufgemacht, um Benzin einzufüllen.

»Ngiyabonga!«, hat Lungile gerufen, »Danke schön!« Da gab es wieder Hoffnung.

Es war nicht schwer, den Truck Stop zu finden, es war nicht weit. Die Mädchen haben an der Straße gestanden in kurzen Röcken und engen Hosen und winzigen Shorts, was würden ihre Mütter sagen in den Hügeln, was würde der Chief sagen? Die Ausschnitte der Kleider und T-Shirts waren so tief, und sie haben gelacht und gewunken, und die Lastwagen sind vorbeigefahren; und die Mädchen sind ihnen hinterhergelaufen, und die Fahrer sind ausgestiegen und haben die Mädchen angesehen, und die Mädchen haben noch mehr gelacht. Manche von ihnen sind mit den Fahrern in der Kabine ihrer Wagen verschwunden mit einem Gang, den Lungile aus den Hügeln nicht kennt, und Lungile hat gesehen, dass viele nicht älter waren als sie. Bei Matsapha Truck Stop gab es Arbeit für Kinder.

Trotzdem hat Lungile gewusst, dass sie hier nicht mehr weitersuchen musste. Sie hat ein kleines Stück entfernt gestanden in ihrer Schuluniform und ihren staubigen Schulschuhen, ein

Teil von ihr wollte nicht glauben, was sie gesehen hat. Sie wusste, dass sie diese Arbeit nicht tun konnte, auch wenn es die einzige war, die es für Kinder gab, von denen der König sich wünschte, dass sie zur Schule gehen sollten. Aber die Fahrer haben trotzdem neben Lungile angehalten in ihren großen Wagen und Zahlen gezischt, und Lungile hat verstanden, dass sie wieder gehen musste, ganz schnell.

Da hatte sie kein Geld mehr für die Rückfahrt, und am Highway hat sie gewartet, bis ein Auto angehalten hat mit zwei Weißen auf den Vordersitzen, einem Mann und einer Frau. In einen Lastwagen wollte Lungile nicht einsteigen, sie weiß auch nicht, warum sie den beiden Weißen getraut hat; vielleicht, weil eine Frau dabei war. Die Frau hat versucht, mit Lungile zu reden, aber Lungiles Englisch ist nicht so gut, da hat die Frau ihr ein Kaugummi gegeben. Kaugummi kennt Lungile. In Nhlangano haben sie sie abgesetzt und »Hamba kahle!« gesagt, und Lungile hat »Goodbye!« gesagt. Sie hatte keine Angst, im Dunkeln durch die Hügel zu gehen, auch wenn der Weg weit ist; sie kennt die Hügel, und es ist ihr Weg, und alles ist so, wie es sein soll.

Der Nachbarin hat Lungile nur gesagt, dass sie keine Arbeit gefunden hat in Manzini, und Jabu hat sie von der großen Stadt erzählt. Danach ist Lungile nie mehr zur Schule gegangen. Sie brauchten ja Essen, und sie brauchten etwas anzuziehen, und früher hatten sie auch manchmal Seife gehabt. Und der König war gütig und erlaubte jetzt auch den Frauen, die Felder zu behalten, wenn die Männer gestorben waren, und wenn die Frauen starben, nahm er sie den Kindern nicht weg. Darum geht Lungile jetzt nicht mehr in die Schule und bestellt stattdessen das Feld, aber dass Jabu zur Schule geht, darauf passt sie auf. Abends, wenn sie auf ihren Matten liegen, erzählt Lungile Jabu manchmal von der großen Stadt, wo das Geld aus der Mauer kommt, und von den Geschäften, die riesig sind, größer als jedes Haus, das Jabu jemals gesehen hat, und in denen es alles zu kaufen gibt und noch mehr. Und sie erzählt Jabu von den Frauen, die an den schwarzen Laufbändern sitzen und mit flinken Fingern

Dinge über ein Fenster ziehen, bis ein weißes Papier erscheint. Wenn Jabu zur Schule geht, ganz bis zum Schluss, kann sie vielleicht auch einmal so eine Arbeit tun und sich die Dinge aus den Regalen kaufen, von denen Lungile nicht weiß, wozu man sie braucht, und Früchte, deren Namen sie nicht kennt, und bunte Kästen aus den tiefen Truhen, aus denen ihr die Kälte entgegengeschlagen ist.

Jabu ist glücklich, wenn Lungile ihr davon erzählt. Jetzt hat Jabu einen Traum. Bevor sie einschläft, zählt sie auf, was sie aus der Stadt alles mitbringen wird, wenn sie von dort zu Besuch zurück in die Hügel kommt: Dosen mit süßen Getränken, die auch dann noch gut zu gebrauchen sind, wenn ihr Inhalt längst getrunken ist, und Kaugummi und bunte Kleider und *Sweets*.

Aber eines Tages geht Jabu nicht mehr zur Schule. »Du musst zur Schule gehen, Jabu!«, sagt Lungile. »Denk an die großen Geschäfte! Denk an die Stadt!«

Lungile weiß nicht, wie lange das schon so geht; morgens ist Jabu ja immer aufgebrochen in ihrer Uniform und mit ihrem Heft unter dem Arm. Aber dann hat Lungile es von der Nachbarin erfahren, Jabu geht nicht mehr zur Schule, die anderen Kinder haben es erzählt. Morgens geht Jabu mit ihnen, bis sie an die rote Straße kommen, dann bleibt sie zurück. Was sie den ganzen Tag tut, wissen die anderen Kinder nicht, am Nachmittag geht Jabu mit ihnen zurück. Die Nachbarin erzählt Lungile davon, weil Jabu nun niemals das Schulessen bekommt, sieht Lungile denn nicht, dass ihre kleine Schwester mager geworden ist?

Da hat Lungile sich geschämt. Wenn man eine gute große Schwester sein will, genügt es nicht, auf den Feldern zu arbeiten.

»Jabu!«, sagt Lungile, als Jabu am Nachmittag zurückkommt und ihre Uniform an den Nagel in der Hütte hängt.

Zuerst will Jabu es nicht erzählen, sie schämt sich, sie hat Angst, dass Lungile böse ist, dass Lungile sie schlägt, nun wird niemals mehr etwas werden aus ihrem Traum.

Jabu darf nicht mehr zur Schule gehen, weil sie keine Schuhe hat, der Lehrer hat sie nach

Hause geschickt. Was würde denn werden, wenn alle Kinder in der Schule sitzen würden ohne Uniform, ohne Schuhe? Der Lehrer hat recht. Barfuß kann man nicht in die Schule gehen, und Jabu hat keine Schuhe mehr, und dass Lungile keine neuen kaufen kann, das weiß sie doch.

»Wo sind sie?«, ruft Lungile. Sie spürt einen Zorn, der größer werden will, Jabu soll zur Schule gehen, wenigstens Jabu soll zur Schule gehen. Ist Lungile nicht deshalb zu Hause geblieben? »Wie hast du deine Schuhe verloren?«

Sie waren einfach nicht mehr da eines Morgens, erzählt Jabu; als sie in der Schule angekommen ist, waren sie einfach nicht mehr da. Sie ist doch immer barfuß über die Hügel gegangen wie alle, damit die Sohlen nicht durchgelaufen werden, damit sie die Schuhe erst in der Schule anziehen muss, damit sie sie schont und lange tragen kann und hinterher vielleicht sogar noch verkaufen, wenn sie zu klein geworden sind, und größere kaufen mit dem Geld; immer lässt sie ihre Schuhe in der Schule, damit sie sie schont, und eines Morgens waren sie nicht mehr da.

»Wer hat sie genommen?«, ruft Lungile und möchte Jabu schlagen. »Du hast nicht aufgepasst!«

Jabu sagt, dass sie es nicht weiß. Schulschuhe sehen doch alle gleich aus, beinahe gleich, sie hat auf alle Füße geguckt, aber selbst wenn sie geglaubt hätte, sie zu entdecken, wie hätte sie es beweisen können? Ein anderes Kind hatte seine Schuhe verloren, hatte die Sohlen durchgelaufen, nicht mehr in seine Schuhe gepasst; das andere Kind wollte weiter zur Schule gehen, da brauchte es Schuhe.

»Du hast nicht aufgepasst!«, schreit Lungile wieder und schlägt zu, und Jabu springt zurück und weint, und Lungile schämt sich. Das andere Kind müsste sie schlagen, aber sie weiß ja nicht, wer das andere Kind ist, und darum lässt sie Jabu versprechen, dass sie wieder zur Schule geht, wenn Lungile ihr Schuhe bringt, und dass sie die Schuhe dann jeden Tag in der Hand wieder mit nach Hause trägt.

Dann liegt Lungile wach in der Nacht und

denkt nach. Sie denkt an die Matten, die die Gogo geflochten hat aus dem biegsamen, langstieligen Gras der Hügel und die noch immer zusammengerollt in der Ecke der Hütte stehen. Sie weiß nicht, wie viele Emalangeni man für eine Matte bekommt, ist eine Matte so viel wert wie ein Schuh? Aber Jabu hat noch eine gute Matte zum Schlafen, und Lungile hat noch eine gute Matte zum Schlafen, und sie will es wenigstens versuchen.

Darum bricht sie am nächsten Morgen einen Zweig und hält ihn an Jabus Fuß, einmal rechts, einmal links, von der Ferse bis zum großen Zeh; dann knickt sie ihn ab, nun hat sie ein Maß.

Dieses Mal stellt Lungile sich gleich an die große Straße, als sie in Nhlangano angekommen ist mit ihren Matten unter dem Arm, sie denkt nicht mehr an den Bus. Autos fahren vorbei und werden langsamer, aber Lungile wartet, bis eins anhält mit einer Frau am Steuer; die fährt ganz allein und nimmt Lungile mit bis nach Manzini. Auch wenn sie schwarz ist und freundlich und siSwati mit ihr spricht, will Lungile nicht reden.

In Manzini bleibt sie dieses Mal nicht auf

der Ngwane Street, sie biegt ab zum Markt, mit ihren Matten stellt sie sich neben die Händler. Aber man muss erst bezahlen, wenn man verkaufen will, das hat Lungile nicht gewusst, und wie soll sie wohl bezahlen, wenn sie noch gar kein Geld verdient hat? Da muss Lungile an die Straße gehen, auf die der Markt übergeschwappt ist und an deren Rändern die Menschen aus den Dörfern stehen, und Lungile stellt sich zu ihnen und zeigt ihre Matten.

Eine Frau neben ihr, die Honig von wilden Bienen verkauft, Honig hat Lungile noch niemals gegessen, gibt ihr Wasser aus ihrer Flasche, daran hat Lungile nicht gedacht. Es gibt keinen Fluss bei Manzini Market, und Wasser kostet Geld, und ihre Matten will niemand kaufen, das versteht Lungile bald; Matten können die Menschen selbst flechten in den Dörfern, dafür reisen sie nicht nach Manzini, dafür geben sie nicht ihre guten Emalangeni her, es war alles umsonst.

Dann schickt der Herr Lungile die Rettung. Einen ganzen Bus mit Weißen schickt er, die Kameras vor ihren Bäuchen tragen und kleine glückliche Laute ausstoßen und lächeln. Es kommen nicht oft Busse mit Weißen nach Manzini Market, sagt die Frau mit dem Honig; die Weißen, die keine Ärzte sind und die reisen, nur um die Welt kennenzulernen, haben Angst vor Manzini Market. Ihre Busse bringen sie nach Ezulwini Valley draußen vor der Stadt, ins Craft Center mit dem großen Parkplatz, wo es in schönen Häusern nichts anderes gibt als Dinge, bei denen die Reisenden *Afrika! Afrika!* rufen; und sie kaufen Kerzen und Ketten und Tiere aus Seifenstein für so viele Emalangeni, wie Lungile sie noch nie gesehen hat, die verschenken sie stolz, wenn sie wieder zurück sind in ihren kalten Ländern.

Aber diese Weißen hier haben vielleicht keine Angst vor Manzini Market und schlendern lächelnd die Straße entlang und bleiben stehen an den Tischen mit Salben und mit Kochlöffeln und sogar vor dem Honig von wilden Bienen; und manchmal ziehen sie ihr Geld aus der Tasche und wenden die Scheine nachdenklich in ihren Fingern, südafrikanische Rand, denn sie sind nur auf der Durchreise. Aber Rand sind gut in Swasiland, und die Händler geben ihnen die Ware, und die Weißen stecken sie lächelnd und glücklich in ihre Taschen.

Da weiß Lungile, dass sie mutig sein muss, und sie hält den Reisenden ihre Matten hin, und sie lächelt sie an. »Fifty Emalangeni!«, ruft Lungile, »Fifty Rand!«, und sie weiß nicht, ob das der Preis ist, den Weiße, die die Welt kennenlernen wollen, für eine Matte bezahlen, aber die Schulschuhe am Stand ein paar Schritte weiter, in die der Zweig gepasst hat, kosten siebzig Emalangeni; und wer weiß, ob die Weißen nicht handeln wollen.

Und weil dies vielleicht ein guter Tag ist, beugt eine Frau in Hosen und mit einem Strohhut auf dem Kopf sich vor und fragt: »Fifty?«, und zieht ihre Börse aus der Tasche und nimmt schon einen Schein, um ihn noch einmal genauer anzusehen, bevor sie ihn Lungile gibt; und Lungile hält ihr beide Matten hin und sagt: »Two for hundred! Good price ninety!«, und die Frau lacht auf und greift nach einem zweiten Schein.

Aber dann soll es doch kein guter Tag werden, nicht für Lungile. Ein Mann legt der Frau seine Hand auf die Schulter und sagt etwas zu ihr und breitet die Arme aus, *so groß, die Matten, zu groß!*, und schüttelt den Kopf; und die Sprache ist nicht Englisch, aber *Craft Center* versteht Lungile doch, und auf einmal sieht die Frau nachdenklich aus. Dann lächelt sie Lungile bedauernd an und hebt die Schultern und steckt die Scheine zurück in ihre Börse. Und als sie geht, winkt sie Lungile noch einmal über die Schulter zu.

Da spuckt Lungile aus und schreit schlimme Wörter und schwenkt ihre Faust, nie hätte sie geglaubt, dass sie das tun würde auf den Straßen von Manzini; und die Frau mit dem Honig reißt sie zurück und schüttelt den Kopf. Aber die Weiße mit dem Strohhut ist längst verschwunden in ihrem Bus, jetzt fährt sie ins *Craft Center* mit seinem großen Parkplatz und kauft Kerzen und Tiere aus Seifenstein.

Danach bleibt Lungile noch, bis der Markt schließt und alle Händler ihre Waren zusammengepackt haben; aber Hoffnung hat sie jetzt längst keine mehr, und sie weiß, dass alles Warten umsonst ist. So hat der Herr ihr die Zeit gegeben zu begreifen, dass sie es tun muss; was sonst kann Lungile tun, wenn Jabu zur Schule gehen soll. Darum geht sie nach Matsapha Truck Stop.

Dieses Mal trägt Lungile nicht ihre Uniform, und sie fühlt sich hässlich neben all den Mädchen in ihren kurzen Röcken und in engen Hosen und knappen Shorts. Im Waschraum sieht sie in den Spiegel, kein Make-up auf den Augen und die Haare so kurz, wie sie sie in den Hügeln scheren; und fast hofft Lungile, das niemand sie haben will, so ein schmutziges Mädchen, barfuß und in abgetragenen Kleidern. Aber sie greift doch nach den Tüten, auf denen *Love Safely!* steht und die es gibt ohne Geld, damit die Trucker sie benutzen, wenn sie tun, was sie doch eigentlich nicht tun dürften, jeder weiß Bescheid.

Der erste Fahrer ist mager. »Virgin?«, flüstert er aus seinem Fenster, und Lungile nickt und sagt: »Hundred!«, weil sie siebzig braucht und weil sie doch nicht wissen kann, ob der Mann noch handeln will; aber der Mann lacht

TGA 100 · G

und sagt: »Thirty«, und Lungile weiß nicht, ob das der Preis ist, den die Fahrer bei Matsapha Truck Stop für ein Mädchen bezahlen.

Da steigt sie zu dem Mageren in die Kabine und lässt die Matten draußen im Staub; und der Magere will, dass es schnell geht, ganz schnell, und Lungile will auch, dass es schnell geht, aber sie hält ihm doch die Tüte hin, die Tüte aus dem Waschraum, *Love Safely!,* und der Mann schlägt nach ihrer Hand; und Lungile begreift, dass »Thirty« bedeutet, dass er es so nicht will.

Dann ist es nicht so schlimm, wie Lungile gefürchtet hat, aber schlimm ist es schon: Und sie weiß ja nicht, wie schlimm es später noch werden wird. »Virgin?«, hat der Mann gefragt, aber fragt er das jede auf seinen Fahrten durch die vielen Länder, in die er mit seinem Lastwagen Waren bringt, und sagt jede die Wahrheit, wenn er sie fragt, und was bedeutet das alles für Lungile? Noch immer klammert sie ihre Finger fest um die Tüte, *Love Safely!,* und um den kleinen Zweig. Dies ist kein guter Tag, aber sie ist ja nicht die Einzige hier bei Matsapha Truck Stop, und die Mädchen hier tun es alle, und die

Fahrer tun es immerzu in allen Ländern, und manche verschont die Krankheit, der Herr ist allmächtig, und Jabu soll zur Schule gehen.

Nur dreißig Emalangeni, der zweite Fahrer ist dick, und er fragt nicht: »Virgin?«, er lächelt sie an und sagt: »Thirty.« Da weiß Lungile, dass das der Preis ist für das, was sie jetzt tut. Und er hält sie eine Weile in seinen Armen in seiner Kabine und erzählt ihr etwas in seiner Sprache und in einem Englisch, das sie nicht versteht, aber sie versteht *Mosambik*, sie versteht *Maputo*, er hat da eine Frau, er hat da auch Kinder, er streichelt ihr über den geschorenen Kopf, als wäre sie seine Tochter. Da zeigt Lungile ihm die Tüte, *Love Safely!*, aber der dicke Mann lächelt und zieht ihr das T-Shirt über den Kopf und streichelt ihre Brüste und stöhnt und reißt ihr den Rock über die Hüften nach unten und reißt auch den Slip herunter und will nicht mehr warten.

Aber Lungile ist ja nicht die Einzige hier bei Matsapha Truck Stop, und die Mädchen tun es alle, und die Fahrer tun es immerzu in allen Ländern, und manche verschont die Krankheit.

Jetzt hat sie sechzig Emalangeni, die Schuhe kosten siebzig: Ein guter Schuh für die Schule kostet mehr als ein paar Minuten, das ist auch gerecht. Aber Lungile weiß nicht, ob sie noch ein drittes Mal in eine Kabine steigen kann, sie hat ja auch noch die Matten, sechzig Emalangeni und die Matten, vielleicht ist der Händler auf Manzini Market auch damit zufrieden, die Schuhe sind doch schon getragen.

Dann streichelt der dicke Mann Lungile noch einmal zum Abschied, und Schweiß läuft ihm über den Rücken, und er zieht ihr den Slip wieder hoch und den Rock, und das T-Shirt herunter über ihre Brüste. Und er fragt, ob er sie irgendwohin mitnehmen kann, und als Lungile Nein sagt, warnt er sie vor der Polizei, die ab und zu kommt nach Matsapha Truck Stop, denn was sie hier tun, ist verboten, und das ist gut; der König will nicht, dass sich Menschen verkaufen in seinem Land.

Und als Lungile aus der Kabine steigt, sind die Matten am Boden verschwunden. Sie sucht nach den Matten, aber wie soll sie sie wohl finden in der Dunkelheit. Vielleicht kann ein anderes Mädchen sie besser brauchen als Lungile, ein Mädchen, das nach dieser Nacht nicht nach Hause zurückgehen kann, Lungile kann doch wieder nach Hause.

Lungile spürt den kleinen Zweig in ihren Fingern, den kleinen Zweig und die Scheine. Am Straßenrand verkaufen sie Salbe in weißen Dosen, Salben, wie sie sie auch in den Hügeln rühren über dem Feuer, die gegen alles helfen und die Haut glatt und schön machen. Hier steht der Mann mit den Schuhen, und heute ist ein guter Tag, er hat sie gestern nicht verkauft, die Schuhe, in die Lungiles Zweig passt, ohne zu brechen.

»Siebzig!«, sagt der Mann.

Da hält Lungile ihm ihre Scheine hin, nur sechzig, zweimal war genug; sie wollte ihm doch auch noch die Matten geben, nun hat sie keine Matten mehr.

»Siebzig!«, sagt der Mann, aber Lungile schüttelt den Kopf, und da sieht der Mann auf ihre Füße in den durchgelaufenen Flip-Flops, an denen der rote Staub klebt aus den Hügeln und der graue Staub der Straßen von Manzini;

und vielleicht sieht er auch, dass die Schuhe viel zu klein sind für ihre Füße, und versteht.

Und er poliert die Schuhe, bis sie glänzen, auch dafür ist die Salbe aus den weißen Töpfen gut; die Sohlen sind nur ein bisschen abgelaufen, nun kann Jabu wieder zur Schule gehen.

Dann steht Lungile noch einmal an der Straße und wartet. Hinter ihr rauscht der Lärm der Stadt, und bald wird ein Auto anhalten mit einer Frau, die sie zurück nach Nhlangano bringen wird. Sie hat keine Angst, im Dunkeln durch die Hügel zu gehen, auch wenn der Weg weit ist; sie kennt die Hügel, und es ist ihr Weg, und alles ist so, wie es sein soll.

Und Jabu wird wieder zur Schule gehen, und es war nicht so schlimm, wie Lungile geglaubt hat, und manche verschont die Krankheit, der Herr ist allmächtig. Vielleicht hat der Herr gewollt, dass alles so kommt; vielleicht hat er nur deshalb Jabus Schuhe genommen. Was auch immer geschieht, Lungile kann ruhig sein. Sie weiß jetzt, dass es in Matsapha Arbeit für Kinder gibt.

## Die Gogo brennt

*Wer ist schuld, Herr Jesus, vergib mir, wenn ich es bin, auch wenn ich allein es bin, Herr Jesus, vergib mir.*

»Ich gehe Wasser holen, Gogo, ist das gut? Soll ich noch etwas anderes tun, Gogo, oder soll ich jetzt gehen?«

Die Gogo sitzt vor der Hütte mit ausgestreckten Beinen, dem guten Bein, dem schlechten Bein. Die Gogo rührt sich nicht.

Ist auch in ihrem Kopf etwas geschehen?

»Ich laufe so schnell ich kann, Gogo, ich bin bald wieder zurück!«

Das kann ein kleines Nicken sein, Sipho will glauben, dass es ein Nicken war. »So schnell ich kann!«

Sipho hebt den Kanister nicht auf den Kopf, jetzt auf dem Hinweg ist er leicht. Jeden Tag will Sipho jetzt Wasser holen gehen, immer, kaum ist er bei der Hütte angelangt, schon möchte er wieder zurück zum Fluss.

Sieht die Gogo ihm nach? Er ist schuld, *Herr Jesus, vergib mir!,* und Thulasizwe spielt hinter der Hütte, und Nomsa liest in einem Schulheft, auch Nomsa ist schuld, auch Nomsa ist schuld.

Die rote Erde ist nicht mehr heiß unter Siphos bloßen Sohlen, so kurz bevor die Sonne untergeht, und der Weg bis zum Fluss ist nicht weit. Warum ist er ihn nicht gegangen an jenem Abend; fünfzehn Minuten vielleicht, noch weniger auf dem Hinweg, wenn er den leeren Kanister trägt, warum nur wollte er nicht gehen?

Auch Nomsa ist schuld, hat Nomsa nicht gelogen? In jener Nacht wollte Sipho auch der Henne die Schuld geben.

Unten am Fluss haben sie Nester in den Bäumen für ihre Hühner, so müssen sie die Eier nicht suchen. Drei Hennen besitzt Zondwako unten am Fluss, niemand sonst besitzt drei Hühner; aber eine Henne hat die Gogo auch, ein Nest im Baum hat sie nicht, es gibt keinen Baum bei ihrer Hütte.

Vor Sipho liegt der Fluss, Kinder spielen im flachen Wasser, und Zondwakos Frau nimmt ihre Wäsche am Ufer von dem großen Stein, auf dem sie in der Sonne getrocknet ist; jetzt ist die Sonne hinter den Hügeln verschwunden.

Sipho sieht auf die Nester in den Bäumen. In jener Nacht hat er die Henne gejagt, er hat mit Steinen nach ihr geworfen, er wollte, dass sie nie mehr wieder ihre Eier zwischen den Sträuchern versteckt, wo Sipho sie finden kann, er wollte, dass sie nie mehr zurückkommt, auch die Henne ist schuld.

Aber die Henne ist zurückgekommen. Noch immer versteckt sie ihre Eier im warmen Sand zwischen den Sträuchern.

Sipho hält den Kanister in den Fluss, er füllt sich schnell, das Wasser strömt in die Öffnung. Der Weg ist nur kurz, und das Wasser strömt in den Kanister, und auch der Rückweg ist nicht weit mit dem vollen Kanister auf dem Kopf, warum wollte Sipho nicht gehen? Warum hat Sipho sich an jenem Abend im Zorn hinter die Hütte gesetzt?

Auf dem Rückweg winkt er den Kindern

zu, sie winken zurück. Die Kinder wissen nicht, dass Sipho schuld ist, aber was hilft ihm das? Die Gogo weiß, dass Sipho kein Wasser holen wollte, jetzt sitzt sie vor der Hütte und spricht nicht mit ihm.

Das Ei hat Sipho gefunden, als er mit Thulasizwe Fußball gespielt hat, gar nicht weit von der Hütte. Sie hatten sich einen neuen Ball geknotet aus der Tüte, die die Nachbarin ihnen geschenkt hat, aber Thulasizwe kann nicht gut spielen, er ist noch zu klein. Nicht einmal Tore haben sie sich gebaut, sie haben den Ball hin- und hergekickt zwischen den Sträuchern, und Thulasizwe hat gelacht und ist gerannt und nicht einmal böse geworden, wenn Sipho so weit geschossen hat, wie es nur geht, weit rollt der Ball nicht. Eines Tages wird Sipho einen richtigen Ball haben, der durch die Luft fliegt und erst hinter der Straße hart auf dem Boden auftrifft, und er wird der beste Spieler sein im Tal und vielleicht im ganzen Land. Aber Thulasizwe bewundert Sipho heute schon; er ist ein guter großer Bruder und Beschützer, seit Papa nicht mehr da ist und seit Mama nicht mehr da ist; denn auch als sie noch zwei Hände hatte und zwei Augen, war die Gogo schon alt und konnte nicht alles, und manchmal spielt Sipho mit Thulasizwe.

Aber an jenem Abend hat Sipho das Ei gefunden. Die Henne hatte es unter den Sträuchern versteckt, wie sie es immer tut, *verstocktes Huhn!,* dass man die Eier manchmal erst findet, wenn sie schon lange gelegen haben und einen furchtbaren Geruch verströmen, sobald man die Schale zerschlägt. Aber das Ei an diesem Abend war frisch, das wusste Sipho genau, noch gestern hatte er ja an derselben Stelle nachgesehen, da hatte es das Ei noch nicht gegeben. Darum hat er es aufgehoben und ist zur Hütte zurückgelaufen, wo die Gogo gerade den Brei gerührt hat, und hinter ihm hat Thulasizwe seinen Namen gerufen. Aber jetzt wollte Sipho nicht mehr Fußball spielen. Jetzt sollte die Gogo ihm das Ei zubereiten, und dann wollte er es essen, und er hat schon auf dem Weg nach ihr gerufen.

»Gogo!«, hat Sipho gerufen. »Ich habe ein Ei gefunden, heute ist es mein Ei! Es lag unter den

Sträuchern, und wer es gefunden hat, darf es essen!«

Aber natürlich hat Sipho gewusst, dass es so nicht ist. Wie oft würde Thulasizwe dann wohl ein Ei bekommen oder die Gogo selbst? Einmal bekommt Nomsa das Ei und einmal Sipho, dann Thulasizwe und die Gogo. So ist es gut, so ist es gerecht, auch wenn es fast immer Sipho ist, der die Eier bringt. Wenn Sipho erwachsen ist, hat er auch drei Hennen wie Zondwako unten am Fluss, dann isst er jeden Tag ein Ei.

Die Gogo hat nicht aufgesehen von ihrem dreibeinigen Topf, gebeugt hat sie davorgestanden; sie muss rühren, rühren, sonst wird der Maisbrei schwarz über dem Feuer. An diesem Abend hat sie noch mit einem hölzernen Löffel gerührt, so lang wie ihr Arm, länger; jetzt rührt Nomsa mit einem Ast. Mit einem Ast, wie er auch neben der Gogo am Boden liegt, damit sie sich auf ihn stützen kann, wenn sie ein paar Schritte tun muss mit dem schlechten Bein, und sie klemmt ihn sich unter den guten Arm, an dem noch die Hand ist. An diesem Abend hat die Gogo noch mit dem Löffel gerührt, mit beiden Händen, und sie hat sich nicht zu Sipho umgedreht, so sehr hat sie nur an den Maisbrei gedacht, den Maisbrei und das Feuer, warum hat sie das später nicht mehr getan?

»Das Ei ist für Nomsa«, hat die Gogo zum Topf gesagt und hat gerührt, gerührt. »Das letzte Ei war für dich. Dieses Ei ist für Nomsa.«

»Das ist nicht wahr!«, hat Sipho gerufen. »Nomsa hat das letzte Ei gegessen und davor Thulasizwe! Dieses Ei ist für mich!«

Die Gogo hat sich umgedreht und hat ihn angesehen, mit zwei Augen. »Geh Wasser holen!«, hat sie zu Sipho gesagt. Dann hat sie wieder gerührt, gerührt, man muss lange rühren, bis der Maisbrei fertig ist. Und Sipho hat Nomsa einen Blick zugeworfen, und er hat gesehen, dass auch Nomsa wusste, dass dieses Ei ihr nicht zustand, da war etwas in ihren Augen, das hat ihn verspottet; aber gesagt hat sie es nicht. Da hat Sipho Nomsa vor die Brust geboxt, dass sie getaumelt ist. Auch Nomsa ist schuld.

»Geh Wasser holen!«, hat die Gogo geschrien. Zwei Augen. Zwei Hände. Zwei Beine zum Gehen.

Sipho hat gespürt, wie der Zorn in ihm aufgestiegen ist. Nomsa ist nur ein Mädchen, auch die Gogo ist nur eine Frau, es sind die Frauen, die das Wasser holen. Sipho hat die Schale aufgeschlagen und das Ei ausgeschlürft, es war frisch, es war gut, und er hatte es gefunden.

Die Gogo hat den Löffel aus dem dreibeinigen Topf gezogen und nach ihm geschlagen, aber Sipho hat nur gelacht. Er hat gelacht und mit dem Finger auf Nomsa gezeigt und auch auf die Gogo, und die Gogo hat weiter mit dem Löffel nach ihm geschlagen; und dabei ist ihr Rock ins Schwingen gekommen, ganz in der Nähe der Flammen, aber nichts ist geschehen, und Sipho hat weitergelacht.

»Hol Wasser!«, hat die Gogo gebrüllt.

Sipho ist hinter die Hütte gelaufen, wo die geflochtenen Zweige bloß liegen, dass die Wand aussieht wie ein Korb: weil niemand sie mehr mit Lehm bestreicht, wenn der Regen den Lehm weggeschwemmt hat, nicht mehr, seit Papa zu schwach dafür war und gestorben ist. Da hat Sipho sich hingesetzt und mit dem Rücken gegen das Flechtwerk gelehnt. Sollten sie doch sehen, wer ihnen ihr Wasser holen würde! In der Dämmerung hat Nomsa Angst, Nomsa wird nicht gehen; und Thulasizwe ist klein, und die Gogo ist alt, und der Kanister ist schwer. Die Dämmerung ist gekommen, und Sipho hat den Triumph gespürt, wie er in ihm gewachsen ist; er holt ihr Wasser nicht, jetzt bestraft er Nomsa, jetzt bestraft er die Gogo, es war sein Ei, sein Ei unter den Sträuchern.

Man muss lange rühren, bis der Maisbrei fertig ist. Die Dämmerung ist nur kurz, dann kommt schon die Dunkelheit, dann rollen sie in der Hütte die Matten aus. Hört Sipho, wie sie mit den Fingern in den Maisbrei greifen? Das Ei war nur klein, ein Ei ist nicht viel für einen Jungen von dreizehn Jahren, und Sipho denkt an den Maisbrei; bevor er sich schlafen legt, muss er essen. Vor der Hütte steht die Gogo noch immer am Topf und hält den Löffel in der Hand. Als Sipho kommt, schreckt sie zusammen. »Hol Wasser!«, sagt die Gogo.

Noch nie hat sie ihn in der Dunkelheit zum Fluss geschickt; aber längst könnte der Kanister gefüllt neben der Hütte stehen.

Sipho antwortet der Gogo nicht. Sipho geht zum Feuer, da steht der Topf; bevor er sich schlafen legt, muss Sipho essen.

Aber vor dem Feuer steht die Gogo, und jetzt schlägt sie wieder mit dem Löffel nach ihm, »Hol Wasser!«, sie wird Sipho nichts von ihrem Maisbrei geben, bevor er nicht zum Fluss gegangen ist.

Hat Sipho ihr einen Stoß gegeben, *Nein, Herr Jesus, das habe ich nicht getan!,* damit sie den Weg frei macht? Oder war es die Gogo selbst, wie sie ausgeholt hat mit ihrem Löffel, der lange Rock schwingt hin und her, wie sie ausgeholt hat, um Sipho zu verscheuchen?

Hätten sie Wasser gehabt. Hätte Sipho das Wasser geholt. Längst könnte der Kanister gefüllt neben der Hütte stehen.

Die Flamme kommt schnell, wie schnell die Flamme kommt!, und frisst den Rock mit einem einzigen Zischen, und Nomsa schreit, bevor die Gogo schreit. Die Gogo starrt an sich herunter, ihre Augen sind weiß in der Dunkelheit, als ob sie nicht glauben könnte, was sie sieht, was sie spürt, dann stößt sie einen Laut aus, wie Si-

pho noch keinen gehört hat. Und die Flamme frisst weiter, die Haare jetzt, das Tuch über den Haaren, die Brauen, und die Gogo wälzt sich auf dem Boden, wälzt sich neben dem Feuer; und da ist kein Kanister, nach dem Sipho greifen kann, da ist gar nichts, nur das Feuer und die Gogo, die brüllt, brüllt und nicht mehr zu erkennen ist in den Flammen, ein brennendes, brüllendes Bündel am Boden.

Da rennt Sipho davon, rennt hinter die Hütte, presst sich die Hände gegen die Ohren, um die Schreie nicht zu hören, schließt die Augen und trommelt mit den Fäusten gegen die Wand, dass das Flechtwerk die Fingerknöchel aufreißt; aber das Brüllen wird nicht leiser, verändert sich nur, klingt nicht wie ein Mensch, klingt nicht wie ein Tier, die Flammen fressen die Gogo.

Und Thulasizwe schreit, und Nomsa schreit, und Sipho rennt zurück vor die Hütte, wo Nomsa versucht, das, was einmal die Gogo war, auf dem Boden zu wälzen, bis die Flammen erstikken; da sind auch Nomsas Arme verbrannt, und Nomsa schreit, und die Gogo ist auf einmal ganz still. Nur ein merkwürdiger wimmernder

Laut kommt aus dem, was einmal ihr Gesicht war, ein wimmernder Laut, der zeigt, dass da noch etwas lebt.

»Gogo!«, schreit Sipho. Aber das Bündel auf dem Boden rührt sich nicht und gibt immer nur diesen Laut von sich, und Nomsa schwingt ihre verbrannten Arme durch die Luft und schreit.

Da rennt Sipho los. Hat er nachgedacht, was jetzt zu tun ist? Er hat das Richtige getan, er hat das Richtige getan! Ganz gleich, dass er gerannt ist, um nicht mehr diesen Laut zu hören, dass er gerannt ist, um nicht mehr das Bündel zu sehen, Sipho hat das Richtige getan.

*Vergib mir, Herr Jesus.*

Erst als das Wimmern nicht mehr zu hören war in der Dunkelheit, hat Sipho gewusst, was zu tun war. So schnell ist er zum Fluss gerannt, ist zu Zondwako gerannt, der längst in seiner Hütte gelegen hat, hat geschrien; und Zondwako ist mit ihm gerannt, bis sie zum Chief gekommen sind, der Chief hat ein Handy, der Chief hat Hilfe gerufen. Es gibt eine Polizeistation in Hlatikulu, es gibt eine Polizeistation in Mahlalini, sogar in Debedebe und Dumako gibt es einen Posten; aber Sipho kann nicht hören, was der Chief sagt, in seinem Kopf sieht Sipho die Flammen und hört die Schreie und hört das Wimmern und will nicht zurück, als der Chief sagt, ein Wagen wird kommen, und als die anderen zu laufen beginnen.

Wie lange haben sie auf den Wagen gewartet? Das Bündel hat nicht mehr gewimmert, und Sipho ist nicht in seine Nähe gegangen. Die beiden Frauen des Chief haben Nomsa in ihre Arme genommen, die jetzt auch gewimmert hat, es war ja kein Wasser da, um es über ihre Arme zu gießen; aber Zondwako ist zum Fluss gelaufen und hat Wasser geholt, nicht nur Zondwako ist gelaufen, sie haben Wasser über Nomsas Arme gegossen, dann haben sie Wasser über die Gogo gegossen, die Gogo hat sich nicht mehr gerührt.

Und Sipho war der Einzige, der nicht in ihre Nähe gegangen ist.

Dann sind die Männer gekommen irgendwann. Sie hatten ihre Uniformen an, sie konnten mit ihrem Wagen nicht bis zur Hütte fahren, aber von der roten Sandpiste ist es ja nicht weit, zehn Minuten vielleicht, vielleicht ein wenig mehr. An der Piste hat Zondwakos großer Sohn sie erwartet; zusammen sind sie gelaufen gekommen, und sie haben sich über die Gogo gebeugt, und Sipho hat sich die Hände vor die Ohren gepresst. Dann haben sie die Gogo zur Straße getragen und das Bündel hat wieder Laute ausgestoßen, die Sipho jetzt immer noch hört, nachts, wenn er wach liegt auf seiner Matte.

Sipho ist nicht mitgegangen zur Straße. Nicht einmal Thulasizwe hat er getröstet, der vor der Hütte gestanden und geheult hat mit starren Augen.

Und Nomsa hatten sie ja auch mitgenommen, Nomsas Arme waren verbrannt, Sipho weiß nicht, wie sie alle in das Polizeiauto gepasst haben, das die Gogo nach Hlatikhulu gebracht hat ins Krankenhaus.

Es war gut, dass das Bündel weg war. Es war gut, dass es still war jetzt und Sipho keine Schreie mehr hören musste und kein Wimmern.

Da hat Sipho einen Stein aufgehoben und hat ihn nach der Henne geworfen, die verschreckt neben der Hütte gegluckt hat in der Dunkelheit. Er hat mit Steinen nach ihr geworfen, er wollte, dass sie nie mehr wieder ihre Eier zwischen den Sträuchern versteckt, wo Sipho sie finden kann, er wollte, dass sie nie mehr zurückkommt, auch die Henne ist schuld.

Hinter den Sträuchern sieht Sipho die Hütte im Abendlicht. Der Kanister ist nicht schwer auf seinem Kopf, der Weg zum Fluss ist Frauenarbeit, das wird Sipho niemals mehr sagen. Jeden Tag will Sipho jetzt Wasser holen gehen, immer, kaum ist er bei der Hütte angelangt, schon möchte er wieder zurück zum Fluss.

»Ich bin zurück, Gogo, ich habe Wasser geholt! Soll ich noch etwas anderes tun?«

Die Gogo sitzt vor der Hütte mit ausgestreckten Beinen, dem guten Bein, dem schlechten Bein; ein Auge, eine Hand. Die Gogo rührt sich nicht.

*Jetzt ist Wasser da, Herr Jesus, ich habe es geholt, bald ist es Nacht. Und wenn ich aufwache am Morgen, du kannst alles, alles!, lass es vorbei sein, lass es wieder sein wie früher, lass es nie geschehen sein.*

AFRIKA
SWASILAND
N
MOZAMBIQUE
NGONINI
PIGGS PEAK
HHOHHO
LOMAHASHA
MBABANE
SITEKI
MANZINI
MATSAPHA
MANZINI
LUBOMBO
SIPHOFANENI
SITOBELA
HLATIKULU
SHISELWENI
NHLANGANO
MHLOSHENI
SÜDAFRIKA
0 10 20 KILOMETER

## Kleines Wörterverzeichnis siSwati

Sawubona!: *Hallo! (Sing.)*

Sanibonani!: *Hallo! (Plur.)*

Kunjani?: *Wie geht's? (Sing.)*

Ninjani?: *Wie geht's? (Plur.)*

Sala (*Plur.*: Salani) kahle!: *Auf Wiedersehen! (gerichtet an den, der bleibt)*

Hamba (*Plur.*: Hambani) kahle!: *Auf Wiedersehen! (gerichtet an den, der geht)*

Yebo: *Ja*

Ngiyabonga: *Danke (Sing.)*

Siyabonga: *Danke (Plur.)*

Lilangeni: *Währungseinheit in Swasiland, entspricht 1:1 dem südafrikanischen Rand*

Emalangeni: *Plural von Lilangeni*

## Nachwort

Es gibt eine Frage, die Kinder mir bei fast jeder Lesung stellen: »Ist die Geschichte wahr?« Und was sie damit meinen, ist: »Ist sie so oder ähnlich wirklich passiert? Gibt es die Menschen in der Geschichte wirklich?«

Die Menschen in diesem Buch gibt es alle. Diese Kinder und Großmütter habe ich getroffen, ich habe mit ihnen gesprochen und in ihre Hütten gesehen. Aber ihre Namen habe ich geändert, und natürlich kann ich nicht sagen, was wirklich in den Köpfen von Thulani und den anderen vor sich geht.

All diese Menschen habe ich auf Reisen durch Swasiland kennengelernt, ein kleines trauriges Königreich ganz im Süden Afrikas, in dem so viele Menschen mit dem HI-Virus infiziert sind, das die Krankheit Aids auslöst, wie sonst nirgends auf der Welt; in dem die Eltern sterben und die Kinder allein zurückbleiben:

Wenn sie Glück haben, bei ihrer Großmutter, wie Thulani und Nomphilo, wie Sipho, Nomsa und Thulasizwe; aber oft auch ganz allein wie Sonto, Bheki und Pholile oder Lungile und Jabu. Dann müssen die großen Geschwister sich um ihre kleinen Geschwister kümmern, auch wenn sie selbst noch Kinder sind; sie müssen das Geld für sie heranschaffen, das Essen besorgen, sie zur Schule schicken. 120 000 Kinder in Swasiland haben mindestens einen Elternteil verloren, viele von ihnen auch beide; dabei leben im ganzen Land nur ungefähr 900 000 Menschen. Auf der Fahrt durch das Land sieht man an den roten Sandpisten fast nur Kinder und alte Leute.

Ich habe Thulani und Nomphilo in der Hütte mit dem Rollstuhl kennengelernt; auch Sipho, Nomsa und Thulasizwe und ihre verbrannte Gogo. Nach dem Besuch haben wir ihnen eine Kiste mit Äpfeln dagelassen. Aber weil ich in ihre Hütte geguckt habe, weiß ich, sie hätten sehr viel mehr und auch anderes gebraucht, das ihnen niemand geben kann.

Die Geschichte von Sonto, Pholile und ihrem Bruder Bheki habe ich mir ausgedacht, mit den Gesichtern einer Kinderfamilie ohne Eltern und Großeltern vor Augen, die ich in Shiselweni besucht habe: Ob es in ihrer Hütte wirklich so ein Buch gibt, weiß ich nicht; aber an einem anderen Tag durfte ich bei einem Workshop zusehen, in dem Frauen beigebracht wurde, wie sie für ihre Kinder genau solche Memory Books basteln können (denn ein Heft zu kaufen ist für viele zu teuer), und was sie darin aufschreiben sollen. Nach dieser Vorlage ist Sontos Memory Book geschrieben, nach einer Vorlage, die überall in Afrika Eltern verwenden, um ihren Kindern noch alles Wichtige zu sagen, bevor sie sterben.

Und Lungile und Jabu? Die Geschichte von den beiden Schwestern, die nicht zur Schule gehen konnten, weil sie keine Schulschuhe hatten, ist wahr, sie sind, ein paar hundert Meter entfernt, die Nachbarn von Sipho, Nomsa und Thulasizwe; auf dem Markt von Manzini habe ich mit einem Zweig, mit dem wir ihre Füße vermessen hatten, die Schuhe für sie besorgt. Die große Schwester hat also, das hoffe ich, nicht getan, was Lungile tut; aber eine andere Kinderfamilie habe ich auch kennengelernt mit einer großen Schwester, einem störrischen Bruder, einer kleinen Schwester; und die große Schwester reist zwischendurch nach Südafrika, hat sie erzählt, nur ein paar Tage jedes Mal, um Geld zu verdienen. Was sie in Südafrika tut, kann ich nicht sagen. Aber Matsapha Truck Stop gibt es, und die Mädchen dort gibt es, und was wäre Lungile sonst übrig geblieben?

Ich könnte noch viel mehr Geschichten erzählen, und all diese Geschichten sind wahr. Sogar auf die Weise, die Kinder bei Lesungen meinen, wenn sie danach fragen. Wenn die Geschichten traurig sind, kann ich es darum nicht ändern. Trauriger als die Wirklichkeit sind sie nicht.